Rendezvous mit dem Fettnäpfchen

Widmung

Ich widme dieses Buch meinem Mann Peter, weil er stets an mich glaubt und zu mir steht. Ohne ihn wäre ich nicht das, was ich heute bin. Er hat mir begreiflich gemacht, wie wichtig es ist, das Leben nicht immer so ernst zu sehen. Es ist schöner, wenn ich ab und zu über mich selber lachen kann. Danke, dass du mir jeden Tag ein Lächeln ins Gesicht zauberst.

Ich liebe dich!

KATY BUCHHOLZ

Rendezvous
mit dem Fettnäpfchen

Kurzgeschichten, die das Leben schreibt!

Bibliografische Information der Deutschen Nationalbibliothek:
Die Deutsche Nationalbibliothek verzeichnet diese Publikation in
der Deutschen Nationalbibliografie; detaillierte bibliografische Daten
sind im Internet über http://dnb.dnb.de abrufbar.

TWENTYSIX – Der Self-Publishing-Verlag
Eine Kooperation zwischen der Verlagsgruppe Random House und
BoD – Books on Demand

Herstellung und Verlag:
BoD – Books on Demand, Norderstedt

ISBN: 978-3-7407-5348-1

Fotos: Katy Buchholz, Peter Buchholz
Covergestaltung: TomJay - bookcover4everyone / www.tomjay.de
Covergrafik: © Zastolskiy Victo – shutterstock.com

Inhalt

Vorwort

Mir ist entfallen, wie alt ich war. Aber eines Tages bekam ich, wie die meisten Mädchen, ein Tagebuch zum Geburtstag geschenkt. Da ich keine Ahnung hatte, was dort hineingeschrieben wurde, landete es in der hintersten Ecke eines Schrankes und war schnell vergessen.

Heute bedauere ich, meine kleinen, aus der damaligen Sicht belanglosen Erlebnisse nicht aufgeschrieben zu haben.

Den Anstoß es jetzt nachzuholen hat mir meine Schwiegermutter Irmgard gegeben. Genau wie die meisten älteren Menschen erzählt sie mit Begeisterung aus der Vergangenheit. Nicht selten fallen dann Sätze wie: „Das sollte ich aufschreiben" und „Es ist keiner mehr da, mit dem ich mich austauschen kann." Es sind zwar immer dieselben Geschichten, aber ich liebe es, ihr zuzuhören. Außerdem bin ich jedes Mal aufs Neue erstaunt, wie fit ihr Gedächtnis mit über neunzig Jahren ist.

Schon oft habe ich versucht, mir vorzustellen, wie ich in ihrem Alter sein werde. Dann fällt mir meine Oma ein, die einige Zeit an Altersdemenz litt und mit neunundachtzig Jahren verstarb. In solchen Situationen wird mir bewusst, dass auch ich älter werde – körperlich und geistig.

Ich möchte später, wenn mich mein Gedächtnis eines

Tages im Stich lässt, daran erinnern, was ich erlebt habe. Das Buch „Rendezvous mit dem Fettnäpfchen" ist eine Art Tagebuch. Es beinhaltet einen kleinen Querschnitt meines Lebens, in Form von Kurzgeschichten, sowie ein paar ganz persönliche Fotos.

Ich hoffe, Sie haben genauso viel Spaß beim Lesen wie ich beim Schreiben.

Ihre
Katy Buchholz

Kindermund tut Wahrheit kund

Ich war neulich mit meinem Mann im Supermarkt einkaufen. Da fiel mir ein kleines Mädchen auf, das fröhlich durch die Regalreihen sprang. Ihre semmelblonden Haare waren zu vielen Zöpfen geflochten, die wie winzige Antennen aussahen und frech hin und her wippten. Jeden Erwachsenen, der ihren Weg kreuzte, begrüßte sie erst mit einem „Hallo" und schenkte ihm dann ein verschmitztes Lächeln. Einfach goldig.

„Sarah", rief eine Frau mittleren Alters aufgebracht. „Sarah! Wo steckst du schon wieder?"

Das kleine Mädchen verdrehte die Augen, nachdem die Mutter sie einen Augenblick später gefunden hatte. Die Frau packte den dünnen Kinderarm und beugte sich so weit nach vorne, dass sich ihre Nasenspitzen fast berührten. „Mein liebes Fräulein, ich habe dir schon tausend Mal gesagt, du sollst nicht immer weglaufen", brüllte sie ihre Tochter an.

Mit Entsetzen beobachtete ich, wie das Mädchen erst vor Angst zusammenzuckte und dann eine Körperhaltung einnahm, als würde sie eine Ohrfeige erwarten. *Die Kleine hat doch gar nichts getan*, dachte ich und merkte, wie sich meine Muskeln anspannten.

„Aber …"

„Kein aber. Komm jetzt!"

Mit hängendem Kopf und schlurfenden Schritten folgte Sarah der Mutter.

Ich schaute ihnen so lange nach, bis sie aus meinem Blickfeld verschwanden. Erleichtert, dass es zu keinen weiteren Handgreiflichkeiten gekommen war, setzte ich den Einkauf fort.

Ein paar Minuten später begegnete ich dem kleinen Springinsfeld, wie ich gerne zu lebhaften Kindern sage, wieder. Ich lief an der Wurst- und Fleischtheke vorbei und beobachtete, wie sich die Verkäuferin über den Tresen beugte, um dem Mädchen eine Scheibe Wurst zu reichen.

„Na, möchtest du eine?"

Die Kleine nickte, und mit strahlenden Augen antwortete sie: „Ja, eine große."

„Sarah, das sollst du doch nicht immer sagen", maßregelte die Mutter mit hochrotem Kopf. „Ständig blamierst du mich."

„Ich hab aber Hunger", erklärte das Kind im vorwurfsvollen Ton, griff sich die Wurst und stopfte sie hastig in den Mund.

Wie ein Fisch, der nach Luft schnappt, schaute die Frau zwischen ihrer Tochter und der Verkäuferin hin und her.

„Darf es noch etwas sein?", fragte die Fleischereiverkäuferin.

„Nein. Danke", antwortete die Mutter. Nachdem sie ihrer Tochter mit den Worten „Warte nur ab, wenn ich das heute Abend deinem Vater erzähle" gedroht hatte, lief sie weiter.

Über das Verhalten der Mutter schüttelte ich den Kopf. Aber nachdem ich die Kleine angesehen hatte, konnte ich mir ein Lächeln nicht verkneifen. *Kindermund tut Wahr-*

heit kund, dachte ich. *Ein zutreffendes Sprichwort. Schließlich hat sie nur das ausgesprochen, was ihr gerade durch den Kopf ging.*

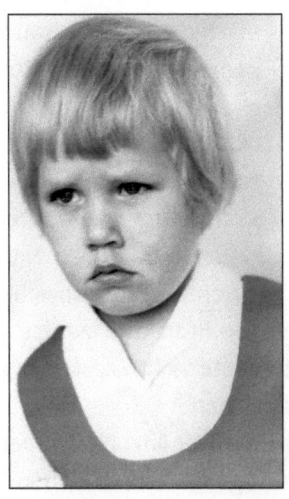

Abrupt fiel mir eine Geschichte ein, die mir meine Oma einmal erzählt hatte. Ich selbst hatte keinerlei Erinnerungen mehr daran. Aber bei einigen Besuchen kam zur Sprache, dass ich sie vor vielen Jahren bei einer mir vollkommen unbekannten Person in arge Erklärungsnot gebracht hatte.

Nachdem ich nach den näheren Umständen gefragt hatte, schenkte sie mir ein warmherziges Lächeln und antwortete: „Du warst noch ganz klein."

„Weißt du, wie alt ich damals war?"

„Deine Schwester lag im Kinderwagen, dann kannst du nicht älter als …", überlegte Oma kurz, „…vier Jahre alt gewesen sein." Sie saß in ihrem Lieblingssessel, verschränkte die Arme vor der Brust und fuhr fort: „Es war in den Sommerferien. Mutti und Papa waren arbeiten. Euch beide den ganzen Tag im Haus zu halten, war schwierig. Deshalb sind wir spazieren gegangen. Und wie das so in einer Kleinstadt ist, da kennt fast jeder jeden. Man bleibt stehen und unterhält sich. Und was machst du?" Oma warf mir einen ihrer gefürchteten „Das-kann-doch-nicht-wahr-sein"-Blicke zu.

Keiner Schuld bewusst, schaute ich sie achselzuckend an und überlegte: *Was kann eine Vierjährige schon anstellen, wenn sie darauf wartet, dass Erwachsene mit ihrer Unterhaltung fertig werden? So dramatisch wird es nicht gewesen sein.*

„Ich stehe da mit einer ehemaligen Nachbarin und wir unterhalten uns. Auf einmal unterbrichst du dein Spiel, stellst dich neben die Frau und zupfst an ihrem Kleid. Nachdem sie zu dir runtersieht, sagst du: ‚Opa verhaut mich immer mit dem Latschen'."

Erschrocken rutschte mir ein „Nein" über die Lippen. Vor meinem geistigen Auge sah ich ein kleines Kind mit Sandalen. Eine warme Brise huschte unter das Sommerkleidchen und ließ für einen kurzen Moment den Rüschenschlüpfer hervorblitzen. Den Kopf im Nacken kniff es – von der Sonne geblendet – ein Auge zu und erzählte schreckliche Dinge über den alles geliebten Opa.

„Doch", bestätigte Oma. „Die Nachbarin schaute dich mit großen Augen an und fragte noch mal nach: ‚Was macht dein Opa mit dir?', daraufhin sagtest du mit einer Selbstverständlichkeit: ‚Na, der verhaut mich immer mit dem Latschen', dann hast du einen Schuh ausgezogen und gezeigt, welche Bewegungen Opa damit tat." Oma fing so heftig an zu lachen, dass ihr Busen auf und ab hüpfte.

„Auweia." Ich war entsetzt über das, was ich hörte, und wäre am liebsten vor Scham im Boden versunken. „Ich kann mich gar nicht daran erinnern, dass Opa so etwas getan hat."

„Hat er ja gar nicht. Er hat nur mit dem Latschen gedroht, damit ihr artig seid. Aber gehauen …", meinte Oma und schüttelte dabei den Kopf, „… hat er nie."

„Und die Nachbarin?", fragte ich besorgt.

„Zum Glück kannte sie deinen Opa und wusste, dass er gerne scherzte."

Gott sei Dank, dachte ich und atmete erleichtert auf.

„Aber für eine Vierjährige ist es schwer, Scherz von Wirklichkeit zu unterscheiden", fügte Oma hinzu.

„Hast du Lust, heute Abend mit mir ein Gläschen Wein zu trinken?", riss mich Peter aus meinen Erinnerungen.

„Was?"

„Du … heute Abend … diesen Wein mit mir?", fragte mein Mann und zeigte auf eine Flasche im Regal.

„Ja, gerne."

„Woran denkst du?"

Ich lächelte ihn an und antwortete: „Das erzähle ich dir heute Abend."

Die Dampferfahrt

Beim Durchblättern der Zeitung stieß ich auf die Werbung eines Reiseveranstalters. Dabei fiel mir ein, dass wir uns bisher gar über die bevorstehenden Urlaubstage unterhalten hatten. Ich schaute meinen Mann an und fragte: „Wie sieht es dieses Jahr mit Urlaub aus? Irgendwo hinfahren oder von zu Hause aus Tagestouren unternehmen?"

Er überlegte kurz und antwortete: „Warst du schon einmal am Rhein?"

„Nein", sagte ich und schüttelte bekräftigend den Kopf. Wenn es nach mir ginge, brauchte ich da auch nicht zwingend hin. *Im Rhein fließt Wasser. Wo Wasser ist, sind Vögel. Mit diesen Viechern verbinde ich nur grauenvolle Erinnerungen.* Ich überlegte, wie ich Peter schonend beibrachte, dass ich keine Lust hatte, dort hinzufahren. Leider fiel mir auf die Schnelle nichts ein, deshalb erkundigte ich mich: „Warst du denn schon mal da?"

Das war ein Fehler!

Mit Begeisterung fing er sofort an zu erzählen. „Kurz nach der Lehre hatte ich mein erstes Auto gekauft. Ich nahm mir vom Betrieb ein paar Wochen frei und fuhr dann mit meinem besten Kumpel Richtung Süden." Peter kam aus dem Schwärmen nicht mehr heraus.

Je mehr er von der Gegend erzählte, desto mehr schwand meine Hoffnung auf ein besseres Urlaubsziel.

Er berichtete von dem einen oder anderen Übernachtungsstopp, den er und sein Kumpel am Rhein gemacht hatten, bevor sie die Heimreise antraten. „Du kannst dir gar nicht vorstellen, was für leckere Weine es dort gibt."

Da ich selten Alkohol trank, stimmte ich ihm zu.

Auf die Frage, was es außer Weinverkostungen noch alles gäbe, erwähnte er die bezaubernde Landschaft, die alten Burgen und Schlösser.

Ich war begeistert. *Super, so etwas schaue ich mir immer gerne an.* Mein Mann war kurz davor mich mit seiner Euphorie anzustecken, bis das Wort „Dampferfahrt" fiel. Da war sie wieder – die grauenvolle Erinnerung aus der Kindheit. Ich schluckte.

Mein Gesichtsausdruck schien Bände zu sprechen, denn Peter fragte irritiert: „Was ist?"

„Kennst du das Sprichwort ‚Alles Gute kommt von oben'?"

Er nickte.

„Stimmt nicht!", antwortete ich und berichtete ihm von meinem Erlebnis. „In den Ferien oder am Wochenende waren wir oft bei Oma und Opa. Dann spazierte die ganze Familie oft am Hafen entlang. Wir nahmen unser altes Brot mit und fütterten Enten, Schwäne und Möwen. Eines Tages war ich alt genug für die erste Dampferfahrt. Ich war stolz wie Bolle." Unbewusst streckte ich beim Erzählen die Brust heraus. Für einen Moment bildete ich mir sogar ein, Seeluft zu riechen.

„Bis zu diesem Tag hatte ich den Dampfer immer nur aus dem Hafen fahren sehen. Er verschwand nach wenigen Minuten hinter einer Gruppe von Bäumen und damit aus dem Blickfeld. Das ließ jede Menge Raum für Fantasie. In meiner kindlichen Vorstellung bedeutete es, dass der Ausflugsdampfer mit Vollgas die Ostsee hoch- und runterheizte. Ich freute mich darauf, vom Wellengang heftig durchgeschüttelt zu werden, und grinste wie ein Honigkuchenpferd. Es dauerte eine ganze Weile, bis das Schiff am Strandanleger hielt. Diese Zeit des Wartens empfand ich nicht als so schlimm. Immerhin hatte ich etwas, worauf es sich zu freuen lohnte. Endlich war es so weit. Mit jedem Schritt, den ich auf mein Abenteuer zuging, stieg die Erwartung in mir. Aber nachdem der Ausflugsdampfer abgelegt hatte, lief irgendetwas schief."

Die eben noch vorhandene stolzgeschwellte Brust sackte zusammen und ich ließ die Schultern hängen. „Der Kahn fuhr nicht, wie ich es mir erträumte, mit Volldampf die Ostsee hoch und runter, sondern tuckerte ganz gemütlich dahin. Es gab keine wehenden Haare im Wind und auch keine Wellen, die mir ins Gesicht spritzten. Ich war enttäuscht. Um zu verhindern, dass ich mitten auf dem Wasser ausstieg, versuchten die Erwachsenen mich mit einem Kompromiss bei Laune zu halten. Aus heutiger Sicht verständlich. Damals dachte ich nur: ‚Warum wollen die Großen nicht begreifen, dass Möwen füttern keine Alternative zum Dampfer-Speedbootfahren ist?' Fünf Minuten später bekam ich die Bestätigung von oben."

Mein Mann grinste und fragte vorsichtig: „Ist es das, was ich denke?"

„Ja, genau", erwiderte ich mit vor Ekel verzerrtem Gesicht. „Eine Möwe hatte mir voll auf den Kopf geschissen." Ebenso wie damals hatte ich das Gefühl, wie der Vogelmist in den Haaren landete.

Nun war es aus. Peter konnte sich nicht mehr zusammenreißen und fing an zu lachen.

„Das finde ich gar nicht lustig", beschwerte ich mich. „Vor allem ist mir das nicht das erste Mal passiert."

„Entschuldige bitte. Ich amüsiere mich nicht über dein Malheur, sondern weil du solche Faxen beim Erzählen machst. Außerdem siehst du so süß aus, wenn du wütend bist." Er nahm mich in den Arm und gab mir einen Kuss auf die Nasenspitze.

Nachdem ich etwas ruhiger geworden war, fragte ich: „Weißt du, was meine Mutter beim Abwischen der Vogelkacke behauptet hat?"

Peter schüttelte den Kopf.

„Vogelschiss sei gut fürs Haarwachstum. Ja, sicher … als Dünger für Pflanzen, aber sonst … Sie nahm wohl an, der Spruch tröstet mich." Ich hob ein paar Strähnchen hoch und fügte mit einem spöttischen Unterton hinzu: „Wie du siehst, hat es leider nicht geklappt."

Er gab mir einen weiteren Kuss und sagte: „Ich verspreche dir, wenn wir auf dem Rhein mit dem Dampfer fahren, dann halte ich meine Hände schützend über dich."

Wow, dachte ich, *so viel Aufopferung.* Ich war gerührt.

Och, nicht schon wieder

Es war einer dieser trüben Herbsttage mit grauen Wolken, bedecktem Himmel und Temperaturen um fünf Grad. In der Luft hing ein dichter, weißer Nebel, der mich an eine Waschküche erinnerte. Aber ich stand nicht in einer Waschküche, sondern mitten im Wald. Weit über mir vernahm ich ein Rauschen. Es war der Wind, der durch die Baumkronen wehte. Die Sicht war begrenzt. Außer gering leuchtenden und unscharfen Gebilden sah ich nichts.

Unheimlich!

Ein eiskalter Schauer lief mir den Rücken hinunter. Ich kniff in meinen Handrücken und hoffte, aus dem Albtraum zu erwachen. Ohne Erfolg.

Nicht damit rechnend hörte ich ein lautes Knacken unweit im Unterholz und erschrak. Mit weit aufgerissenen Augen suchte ich die Umgebung ab.

Nichts.

Ich nahm all meinen Mut zusammen und fragte: „Ist da jemand?"

Keine Antwort.

Vorsichtig und in leicht geduckter Haltung schlich ich einige Schritte in die Richtung, aus der das Geräusch gekommen war. Dann blieb ich stehen und wiederholte die Frage: „Ist da jemand?"

Erneut ein Knacken … und noch eines … und noch eines …

Mir zitterten die Knie. Einen Augenblick später sah ich, wer für die unheimlichen Geräusche verantwortlich war. Mir fiel ein riesiger Stein vom Herzen. *Puh, ein Eichhörnchen.* In der Zeit, wo es von einem Baum zum nächsten sprang, brachen kleine Äste ab.

In der Ferne ertönte jetzt leises Gelächter.

Mit der Angst im Nacken, es könnten weitere Ungeheuer im Unterholz auf mich lauern, beschloss ich, nachzuschauen, wem die Stimmen gehörten. Kaum lief ich los, hakten sich Kletterpflanzen an meine Hosenbeine. Ich hatte den Eindruck, sie hielten mich mit aller Macht fest. Dazu kam, dass ich durch den unebenen Waldboden arg damit zu tun hatte, nicht umzuknicken, nicht zu stolpern und nicht mit dem Gesicht ins nächstbeste Spinnennetz zu rennen.

Je näher ich den Stimmen kam, desto mehr wich die Angst. Denn ich erkannte meine Familie.

„Na, Schatz, hast du etwas gefunden?", fragte meine Mutter.

Ich schüttelte den Kopf und hielt ihr mein leeres Körbchen entgegen.

„Ich habe heute mein Pilz-Auge dabei. Guck, mein Korb ist schon fast voll", gab meine Schwester an.

Pilze – groß und klein, dick und dünn, und die meisten von ihnen bevorzugen die unauffälligen Farben Beige und Braun. Aber einer beweist Mut. Mit dem rotweißen Hut hebt er sich von der Masse ab und kokettiert mit seinem Äußeren. Wer jedoch am nächsten Tag das eine oder andere zu erledigen hat, dem empfehle ich, sich nicht von der Schönheit des Pilzes blenden lassen.

Ich rate dringend vom Verzehr ab. Aber wer bin ich, dass ich solche Ratschläge erteile? Solange ich lebe, hasse ich die Dinger – egal, wie sie aussehen. Für mich riechen sie erdig bis muffig. Den Geschmack und die Konsistenz empfinde ich als äußerst schwabbelig bis schleimig. Einfach ekelhaft! Und aus diesem Grund war am Ende des Tages mein Körbchen auch immer leer.

Im Laufe der Jahre verlegte sich die Pilzsuche von Wäldern auf Wiesen. Jetzt sah ich zwar besser, dafür waren aber oft Hosenbeine, Schuhe und Strümpfe nass. Außerdem änderte der Ortswechsel gar nichts am eigentlichen Problem. Ich mochte die Dinger einfach nicht! Die Gefahr, sich die Knochen zu brechen, war hier ebenfalls gegeben. Unebene Grasnarben lauerten darauf, mich zum Stolpern oder Umknicken zu bringen.

Aus der Sicht meiner Eltern war das nicht das Schlimmste. In der Zeit, wo der Rest der Familie begeistert nach der neuen Spezialität, dem riesigen Wiesen-Champignon, suchte, fand ich jedes Mal mindestens einen Haufen Kuhdung. Ich passte auf wie der sprichwörtliche Schießhund. Sogar alle Sinnesorgane setzte ich ein. Aber nichts half. Keine Ahnung, wie es der Fladen immer wieder unter meinen Schuh schaffte.

Solange ich mich auf dem Wiesenstück aufhielt, hoffte ich, davor verschont worden zu sein. Sobald ich dann ins Auto stieg, kroch mein Fehltritt unangenehm in unsere Nasen.

„Igitt", maulte meine Schwester.

„Och, nicht schon wieder", war der Kommentar meiner Eltern.

Ob ich Lust hatte oder nicht, ich musste erneut aussteigen. Lustlos und gegen den Brechreiz ankämpfend, säuberte ich die Schuhe, so gut es ging. Schnell stellte ich fest, dass es auf dem Gras besser klappte als im Wald mit einem Stöckchen. Jedoch brachte das auch nicht den gewünschten Erfolg. Mehr als einmal wurde ich dazu genötigt, barfuß und bei weit geöffnetem Fenster nach Hause zu fahren. Der Rest der Familie hielt sich inzwischen die Nase zu. Auf den Vorschlag meiner Schwester, mich auf der Heimfahrt hinten im Kofferraum zu den Schuhen zu verbannen, oder zumindest meine Füße aus der Fensteröffnung zu halten, sind meine Eltern nicht eingegangen. Zum Glück!

Mein bester Freund heißt: Sport

„Okay, dann treffen wir uns hier bei mir. Perfekt. Ich freue mich", sagte ich gutgelaunt und legte den Telefonhörer auf.

Peter schaute auf die Uhr. „Wow, heute nur eine halbe Stunde", neckte er.

„Ja, den Rest holen wir nächste Woche nach. Daniela kommt am Mittwoch zum Frühstück vorbei, dann schnattern wir in Ruhe."

„Ihr kennt euch schon lange, oder?"

„Ja. In zwei bis drei Jahren könnten wir theoretisch Silberhochzeit feiern", antwortete ich und grinste bei der Vorstellung. Ein paar Minuten später fügte ich hinzu: „Die Freundschaft mit Daniela ist die erste und einzige, die schon so lange anhält."

„Was ist mit den Freundinnen aus deiner Schulzeit?"

Mein Lächeln verschwand und ich wurde nachdenklich. „In der Schulzeit hatte ich wenige Freundinnen. Ich war äußerst zurückhaltend. Ich glaube, meine Mitschüler hielten mich für einen Sonderling. Wenn ich es dann endlich geschafft hatte, eine Freundschaft aufzubauen, zog derjenige bald mit seinen Eltern in eine andere Stadt und ich war wieder alleine. So kam es, dass ich kaum eine Freundin hatte. Also flüchtete ich in meine eigene Welt."

Je länger ich sprach, desto mehr wurde ich in diese Zeit

zurückversetzt. Das erzeugte negative Gefühle. Traurig und wie ein Häufchen Elend saß ich in der Sofaecke.

„Wie war es denn zu deinem Geburtstag? Da hattest du doch sicher ein paar Kinder eingeladen?", fragte Peter.

Da die meisten Kindergeburtstage positive Erinnerungen beinhalteten, hoffte er, mich so auf andere Gedanken zu bringen.

Ich nickte gedankenverloren.

„Na, siehst du, also konnten sie dich doch leiden."

Ach ja? „Rate mal, wie viele von den sechs Kindern, die eingeladen waren, nicht gekommen sind."

Er antwortete nach kurzer Überlegung : „Zwei."

Ich schüttelte den Kopf. Der Versuch, dieser Zeit etwas Positives abzugewinnen, scheiterte, nachdem ich sagte: „Sechs ... und nicht einer hatte vorher abgesagt. Kannst du dir vorstellen, was das für ein Gefühl war?", fügte ich mit erstickter Stimme hinzu. „Kinder sind manchmal grausam." Jetzt war ich nicht mehr imstande, sie zurückhalten. Die erste Träne kullerte meine Wange hinunter.

Mein Mann mag es nicht, wenn ich traurig bin, daher kam er zu mir herüber und nahm mich zärtlich in den Arm.

Ich kuschelte mich an ihn und ließ der bis heute nicht verarbeiteten Enttäuschung freien Lauf. Ich fing an zu heulen.

In der Zeit, in der sich in meinem Gesicht die Niagarafälle austobten, zeigte sich die Sonne am hellblauen Himmel von ihrer schönsten Seite.

Nachdem ich mich etwas beruhigt hatte, fragte Peter: „Hast du erfahren, warum keiner gekommen ist?"

„Ja. Eine Klassenkameradin, die nicht eingeladen war, hatte die anderen gegen mich aufgehetzt."

„Das ist aber fies."

„Wie gesagt, Kinder sind manchmal grausam", erwiderte ich und schnäuzte in ein Taschentuch.

Durch das gekippte Fenster war Kinderlachen zu hören.

„Du sagtest vorhin, dass du dich in deine eigene Welt zurückgezogen hast. Wie sah die aus?"

Ein Lächeln huschte um meine Mundwinkel. Ich löste mich aus seinen Armen, trocknete das Gesicht und fing an zu erzählen: „Eine ganze Weile war ich eine Balletttänzerin. Immer wieder tanzte ich Mutti oder Oma vor. Wenn ich so zurückblicke, würde ich sagen, dass ich sie dazu genötigt habe, sich meine eigene Interpretation vom Schwanensee anzuschauen. Eines Tages war diese Phase vorbei und die Tänzerin verwandelte sich in eine Zarentochter. Und genau so, wie ich es in den russischen Märchen gesehen hatte, wurde auch ich von einem Ungeheuer entführt. Es versteckte mich aber nicht im Wald, sondern in einer geheimnisvollen Höhle aus Wolldecken. Hier wartete ich darauf, dass ein Prinz kam, um mich zu befreien."

Peter schaute mit einem vielsagenden Lächeln zu mir rüber.

„Ja, sag nichts", entgegnete ich. „Jungs spielen andere Spiele. Ich kann dir versichern, als ich älter wurde, änderte sich alles. Statt Balletttänzerin oder Zarentochter begeisterte mich nun Akrobatik."

„Warum? Hattest du das im Fernsehen gesehen?"

„Ja, genau … in der Sendung ‚Ein Kessel Buntes'. Bis zu diesem Zeitpunkt war mir nicht bekannt, dass sich der Körper in andere Richtungen verbiegen lässt als nur nach vorne. Meine Begeisterung wuchs mit der Tatsache, dass die Akrobaten für ihre Verrenkungen Anerkennung in

Form von Beifall bekamen. Das wollte ich auch. Ab sofort konzentrierte ich mich darauf, eine weltberühmte Artistin zu werden. Ich trainierte täglich. Es brauchte nicht lange, bis ich Mutti den ersten Spagat vorführte. Nach ein paar Wochen gelang es mir sogar, auf einem Bein zu stehen und das andere seitlich bis zum Ohr in die Höhe zu strecken", verkündete ich freudestrahlend.

Mein Mann verzog das Gesicht, als hätte er unerträgliche Schmerzen. „Tut das nicht weh?"

Ich fing an zu lachen. „Nein", versicherte ich, wurde aber den Verdacht nicht los, dass er zweifelte. Deshalb erweiterte ich meine Aussage um ein, zwei Fakten. „Wenn du deine Muskeln erst erwärmst und die Sehnen langsam dehnst, dann ist es schmerzfrei." Ich zog die Hausschuhe aus und ließ mich auf dem Fliesenboden bis zum Spagat nach unten gleiten. „Tadaaa."

Aber das überzeugte ihn immer noch nicht.

Daher stand ich wieder auf und fuhr fort: „Am Anfang fand meine Mutter die sportlichen Aktivitäten klasse. Nachdem sie gemerkt hatte, wie ernst es mir damit war, sprach sie andauernd Ermahnungen aus, wie: ‚Hör auf, ständig deinen Körper zu überdehnen. Du wirst im Alter Probleme bekommen.' *Was interessieren mich die Problemchen von später, wenn es mir heute Spaß macht,* dachte ich damals und trainierte heimlich weiter. Inzwischen hatte ich herausgefunden, dass ein stinknormaler Türrahmen für Dehnübungen praktisch war." Erneut zeigte ich mein sportliches Können. Dazu stellte ich mich in den besagten Rahmen, mit dem linken Fuß nach außen gedreht, unten dicht an die Zarge. Damit ich nicht hinten wegkippte, hielt ich mich an der selbigen fest. Dann schob ich das rechte

Bein zwischen den Händen nach oben durch, sodass sich Schienbein und Nasenspitze ohne Probleme berührten.

In der Zeit, wo Peter mir zusah, schwankte sein Gesichtsausdruck zwischen Phantomschmerz und Hochachtung.

Ich hingegen plauderte weiter. „Nach und nach kam mir mein sportliches Interesse in der Schule, insbesondere im Turnunterricht, zugute. Leider verschwand dadurch weder meine extreme Schüchternheit, noch gewann ich Freundschaften. Dafür verschaffte es mir aber einen gewissen Respekt in der Klasse. Dieses Gefühl der Bewunderung war neu. Es produzierte Glückshormone und öffnete dadurch ein Stückchen von meinem Schneckenhaus."

Peter nickte anerkennend. Ein paar Minuten später sagt er: „Du hast dir alleine etwas beigebracht, was viele andere in deinem Alter nicht konnten. Ich bin stolz auf dich."

Auch wenn inzwischen etliche Jahre vergangen waren, freute ich mich über sein Lob.

Immer wieder samstags

Zum Missfallen meiner Schwester, mit der ich mir ein Zimmer teilte, klingelte an einem Samstag um vier Uhr fünfundvierzig der Wecker. Sie dankte es mir auf ihre liebevolle Art, und zwar mit einer Handvoll Schimpfwörter, gleichzeitig drückte sie sich genervt das Kopfkissen gegen die Ohren.

Anstatt auf ihr Gezeter zu reagieren, schnappte ich meine Klamotten, schlich auf Zehenspitzen ins Bad und zog mich an. Keine Ahnung, ob es anderen Menschen genauso ergeht, aber immer, wenn ich mich bemühe, besonders leise zu sein, komme ich mir wie ein Trampel vor. Nachdem mir der Klodeckel aus der Hand gerutscht war, stieß ich an den Zahnputzbecher, sodass dieser klappernd ins Waschbecken fiel. *Mist!* Augenblicklich verharrte ich in der Bewegung, hielt den Atem an und lauschte.

Stille.

Gott sei Dank. Froh darüber, niemanden geweckt zu haben, schlich ich zur Wohnungstür und zog sie leise hinter mir ins Schloss.

Es war ein kühler Morgen. Im Schein der Straßenlaternen erkannte ich, dass die Dämmerung gerade anbrach. Wer um diese Uhrzeit nicht zur Arbeit musste oder von einer Feier nach Hause kam, schlief noch tief und fest. Für einen kurzen Augenblick sehnte ich mich zurück in mein warmes Bett. Aber die Aussicht, statt des üblichen Mischbrotes heute frische Brötchen zu frühstücken, ließ mich schnell die Müdigkeit beiseiteschieben. Eine Windbö blies mir durchs Haar. Ich fröstelte und schloss den Reißverschluss der Jacke. Nachdem ich mein Fahrrad geschnappt hatte, begab ich mich auf den Weg zum Treffpunkt, wo ich mit einigen Mädchen aus der Klasse verabredet war.

Ich erschien wie immer überpünktlich. Am Vortag hatte ich im Radio ein Lied gehört, welches mir seitdem im Kopf herumspukte. Daher vertrieb ich mir die Zeit mit Summen, bis die anderen eintrafen.

Nach und nach trudelten die Mädchen ein. Es folgte ein verschlafenes ‚Hallo' zur Begrüßung, bevor sich unsere kleine Gruppe in Bewegung setzte. Wir fuhren in Richtung Innenstadt.

Für gewöhnlich kannte ich die Strecke. Aber der Radweg, mit seinen vielen Schlaglöchern, war eine Herausforderung. Es bedurfte voller Konzentration, was um diese Uhrzeit, bei spärlicher Straßenbeleuchtung und kaputter Fahrradlampe, nicht gerade einfach war. Ich versuchte in Schlangenlinien um die kleinen und großen Krater herumzufahren. Wenn ich dann doch mal ein Loch übersah, freuten sich sämtliche Bandscheiben über den kräftigen Ruck. Zum Glück endete die Tour nach zwanzig Minuten vor einer Bäckerei.

Zu meinem Erstaunen waren wir nicht die Ersten. Ich stellte das Rad an einen Baum, der dicht am Straßenrand stand, und gesellte mich zu den anderen ans Ende der Schlange. Mit dem Rücken an die Hauswand gelehnt wartete ich darauf, dass der Laden öffnete.

Um von der Morgenkälte und der erneut aufkommenden Müdigkeit abzulenken, erzählten sich meine Klassenkameradinnen Geschichten oder alberten herum. Die Tatsache, dass ich einwilligte, mit ihnen zu fahren, hieß nicht, dass wir dick befreundet waren und alle Geheimnisse miteinander teilten. Es bedeutete aber auch nicht, dass ich mitfuhr, um zu gefallen. Ich entschloss mich dazu, weil meine Mutter Geburtstag hatte und ich sie zum Frühstück mit den frischen Brötchen überraschen wollte.

Pünktlich um sechs Uhr war es dann so weit. Die Tür des kleinen Bäckerladens wurde aufgeschlossen und drei Verkäuferinnen bemühten sich eifrig, dem morgendlichen Ansturm gerecht zu werden.

Endlich war ich an der Reihe. Ich nannte meinen Wunsch und reichte gleichzeitig den mitgebrachten Stoffbeutel über den Tresen. Ein paar Minuten später befand sich unsere Mädchengruppe wieder auf dem Heimweg.

Inzwischen war die Sonne fast aufgegangen. In der Zeit,

wo die ersten Hundebesitzer mit ihren Vierbeinern die Gassi-Runde liefen, erwachte die restliche Stadt immer mehr zum Leben.

Durch den Fahrtwind kroch mir ein Duft direkt in die Nase. Er kam von den frischen Backwaren, die am Lenker hingen. Prompt meldete sich mein Magen mit einem lauten Knurren – Hunger. Daraufhin beschloss ich, in die Pedale zu treten, um etwas schneller zu fahren.

Auf der Höhe des Treffpunktes löste sich unsere kleine Gruppe mit den Worten ‚Bis später‘ auf.

In dem Moment, als ich zu Hause ankam, deckte meine Mutter gerade den Tisch. Die Überraschung war geglückt. Mit einem strahlenden Lächeln umarmte sie mich.

Ich gratulierte und gab ihr einen dicken Kuss. Die duftenden Brötchen und Hörnchen legte ich in den Brotkorb und stellte ihn zwischen Butter und Marmelade.

Meine Schwester war ein Morgenmuffel. Daher war es nichts Neues, dass sie x-mal aufgefordert wurde, endlich ihren Hintern aus dem Bett zu bewegen. Als sie in die Küche kam, ließen wir es uns schmecken.

Viel Zeit blieb mir aber nicht. In den achtziger Jahren war es üblich, dass wir Kinder um acht Uhr zu den staatlich vorgeschriebenen fünf Stunden Unterricht anwesend sein mussten – wenn möglich nicht nur körperlich, sondern auch geistig.

An jenem Tag hing mir der Duft von frischen Brötchen immer noch in der Nase, nachdem ich das Klassenzimmer nach der letzten Schulstunde verlassen hatte. Die Gewissheit, dass ich am Morgen meiner Mutter eine riesige Geburtstagsüberraschung bereitet hatte, brachte mich auf eine Idee. *Künftig werde ich jeden Samstag meine muffelige*

Schwester aus dem Schlaf reißen. Bei diesem Gedanken huschte mir ein Grinsen über die Lippen.

Arbeits- und Erholungslager

Wenn Kinder einer neunten Klasse heutzutage auf einer Klassenfahrt unterwegs sind, dann fahren sie oft nach Berlin, Köln, Wien, London, Frankreich oder nach Italien. In den achtziger Jahren war das anders. Da hieß unser Ziel – Zerbst. Gemeinsam mit der Parallelklasse fuhren wir nicht wie üblich in der Schulzeit, sondern in den Sommerferien. Es war auch keine Kulturreise, eher ein zweiwöchiger Ausflug ins Arbeits- und Erholungslager.

Zu DDR-Zeiten meldeten sich ganze Klassen ab dem vierzehnten Lebensjahr auf freiwilliger Basis für dieses Projekt an und nutzten so die Chance, um das Taschengeld aufzubessern. Natürlich mussten die Jugendlichen für diesen Zeitraum gut versorgt werden. Die jeweiligen Betriebe, in denen die Schüler zum Arbeitseinsatz kamen, sorgten daher für Kost und Logis. Als Unterkünfte dienten nicht selten bestehende Kinderferienlager, Lehrlingswohnheime oder Ähnliches.

Die Fahrt von Greifswald nach Zerbst kam uns nicht nur lang vor, sie war es auch. Wir fuhren einmal durch die ganze Republik. Nachdem der Bus am späten Nachmittag endlich vor einem grauen Gebäude gehalten hatte, waren wir froh, dass die Reise zu Ende war. Auf dem Schild über dem Eingang stand in großen Buchstaben ‚Jugendherberge‘.

Wir stiegen aus dem Fahrzeug und bezogen kurz darauf die Räume der Unterkunft.

Beim Betreten des Zimmers fielen mir sofort die Doppelstockbetten auf. Das erinnerte mich an jene Zeit, in der ich vor einigen Jahren in den Sommerferien für drei Wochen ins Ferienlager gefahren war. An sich war diese Erfahrung schön. Wäre nicht meine kleine Schwester mitgekommen. Immer wenn sie woanders schlief, litt sie unter Heimweh. Damit den Erziehern das heulende Kind nicht den ganzen Tag am sprichwörtlichen Rockzipfel hing, wurde ich grundsätzlich in ihre Gruppe gesteckt. Sie freute sich – ich nicht.

Im Ferienlager waren mir die Abläufe vertraut. Was mich in den nächsten vierzehn Tagen des Arbeits- und Erholungslagers erwartete, davon hatte ich keine Ahnung. War mir aber auch egal. Ich genoss es erst einmal, für zwei Wochen dem Elternhaus und somit ebenfalls meiner oft griesgrämigen Schwester entflohen zu sein. Mir war bewusst, dass es hier nicht ohne Regeln ablief. Die Lehrer würden gewiss auf Ordnung in den Zimmern achten. Das nahm ich zumindest an.

Ein Streit zweier Mitschülerinnen riss mich aus meinen Gedanken. Ich schüttelte leicht mit dem Kopf. Es war kaum zu fassen, dass sie sich nur deshalb zankten, weil jede den Schlafplatz oben im Doppelstockbett für sich beanspruchte. *Ihr werdet schon merken, was ihr davon habt. Wenn ich eines im Ferienlager gelernt habe, dann das: Oben zu schlafen ist zwar wunderbar, aber das Bett lässt sich nur äußerst schwer machen*, dachte ich und suchte mir rasch eine Pritsche in der unteren Etage.

Nachdem der Inhalt der Reisetaschen seinen Weg in die

Schränke gefunden hatte, war für den Rest des Tages Freizeit angesagt. Wir erkundeten die nähere Umgebung, entdeckten aber nichts Aufregendes.

Kurz vor dem Abendessen rief uns die Klassenlehrerin zu sich.

Seit der fünften Klasse war Frau Kluge die Lehrerin. Ich hatte sie gern und bedauerte, dass sie uns aufgrund ihrer Schwangerschaft nicht bis zum Ende der zehnten Klasse unterrichten würde. Diese Reise war demzufolge unser letztes gemeinsames Erlebnis. Ich war jetzt im neunten Schuljahr. Die Vorstellung, dass ich mich für die nächsten beiden Jahre an eine neue Lehrkraft gewöhnen musste, fand ich grauenvoll.

Nachdem die Lehrerin es endlich geschafft hatte, Ruhe in den aufgedrehten Schülerhaufen zu bringen, teilte sie uns mit, dass wir ab dem darauffolgenden Tag jeden Vormittag vier bis sechs Stunden für Grabungen eingeteilt waren.

„Ist das eine archäologische Ausgrabung?", fragte Silvio.

„Nein", entgegnete sie und zerstörte damit die Hoffnung auf aufregende zwei Wochen.

Ein Stöhnen erfüllte den Raum.

Vor ein paar Monaten hatten wir Jugendweihe. Obwohl die Lehrer uns weiterhin mit dem Vornamen ansprachen, wurden wir wie Erwachsene behandelt und gesiezt.

„Sie …", fuhr Frau Kluge fort. „… haben die Aufgabe, drei Kabelgräben an einer Schule auszuheben."

Nun ja, dachte ich. *Es hätte uns schlimmer treffen können. Von anderen Schülern habe ich auf dem Pausenhof gehört, dass sie zu Arbeitseinsätzen in der Landwirtschaft, wie zum Beispiel bei der Ernte von Kartoffeln, Rüben oder Erdbeeren, eingeteilt wurden. Aber auch zum Sauberhalten von Parks,*

*Plätzen und Straßen. Nein, danke. Da hebe ich doch lieber
ein paar Schächte aus. So schwer wird das ja nicht sein, oder?*

Am darauffolgenden Tag ging es gleich nach dem Frühstück los. Nachdem der Bus am Ziel des Arbeitseinsatzes angekommen war, trauten wir unseren Augen nicht. Die Schule sah nicht so aus, wie wir sie kannten. Es war ein ehemaliges Kloster. Lange Zeit zum Staunen blieb aber nicht, denn wir hatten einen Zeitplan einzuhalten. Dass der Wetterbericht dreißig Grad im Schatten angekündigt hatte, spielte dabei keine Rolle. Nach einer kleinen Einweisung nahmen wir die Spaten in die Hände und fingen an, den ersten Graben auszuheben. Obwohl die Luft unangenehm drückend war, kamen wir flott voran.

Es dauerte nicht lange, bis ich auf etwas Hartes stieß. Ich vermutete einen Stein und verwunderte mich, dass meine Hand einen Knochen umklammerte. *Der sieht aus wie ein ... Oberschenkelknochen, der zu einem Menschen gehört*, ging es mir durch den Kopf.

Ein paar Meter von mir entfernt rief kurz darauf einer der Mitschüler: „Seht mal, was ich gefunden habe", und hielt einen menschlichen Schädel in die Höhe.

„Oh Gott!"

Augenblicklich fingen die Spekulationen an.

„Hier ist eine Leiche begraben."

„Eine?"

„Wir haben das Grab eines Massenmörders gefunden."

„Ist der Schädel echt? Nee, oder?"

„Keine Ahnung. Auf jeden Fall ist das gruselig."

Ich glaube nicht, dass hier ein Mörder seine Leichen vergraben hat, überlegte ich und fragte: „Habt ihr das schon gemeldet?"

„Nein."

Ich krabbelte aus meinem freigeschaufelten Kanalabschnitt, sah mich um und rief: „Frau Kluge … kommen Sie mal bitte? Wir haben da etwas gefunden, das sollten Sie sich ansehen."

Kaum stand sie neben uns, bombardierten wir sie mit Fragen.

Obwohl alle durcheinander sprachen, ließ sie sich nicht aus der Ruhe bringen und erklärte: „Vor langer Zeit war an dieser Stelle eine Begräbnisstätte. Nein, Ronald, nicht von einem Massenmörder. Hier wurden die Verstorbenen aus dem Ort begraben."

„Warum erzählt uns das keiner?", fragte ein anderer Mitschüler enttäuscht.

„Ich erzähle es euch doch jetzt", meinte unsere Lehrerin und wandte sich Simone zu, die sich erkundigte, seit wann dieser Friedhof existiere.

Frau Kluge teilte uns mit, dass sie nicht alle Fakten kenne. „Ich weiß nur, dass die Skelette über 600 Jahre alt sein sollen. So … zurück an die Arbeit, meine Herrschaften."

„Wohin mit den Knochen?"

„Legen Sie die bitte behutsam dort vorne auf einen Haufen."

„Was passiert damit?", fragte ich.

Frau Kluge schaute mich an und antwortete: „Die holt später ein Mitarbeiter des örtlichen Museums ab." Dann richtete sie ihre Worte an alle: „Wer keine Fragen mehr hat, geht wieder an die Arbeit. In einer Stunde ist Mittagspause, erst im Anschluss haben Sie Freizeit."

„Haben wir die Erlaubnis, dann in die Stadt zu gehen?", fragte Martina.

„Wenn es Ihnen für einen Stadtbummel nicht zu heiß ist, von mir aus."

„Gibt es denn hier kein Schwimmbad?", maulten einige der Jungs und fingen an, sich mit dem Wasser aus den Trinkflaschen zu bespritzen.

„Oh ja …", stimmten ein paar andere zu.

„Schluss jetzt!", mischte sich Frau Filter, unsere zukünftige Klassenlehrerin, ein. Kopfschüttelnd fügte sie ihren Lieblingssatz hinzu: „So etwas kenne ich nicht." Erst nachdem die Jungs mit der Alberei aufgehört hatten, meinte sie: „Wenn Sie sich benehmen, dann werde ich mich nach einem Schwimmbad erkundigen. Hilfreich wäre aber auch ein Eis, um sich abzukühlen, oder Sie bleiben in der Jugendherberge und lassen einfach mal die Seele baumeln. Egal, Hauptsache, Sie sind pünktlich zum Abendessen wieder da."

Gesagt, getan.

In den darauffolgenden Tagen gruben wir vereinzelt weitere Skelettteile aus. An den Vormittagen waren wir damit beschäftigt, einen Schacht nach dem anderen zu buddeln. Nachmittags hingegen sorgten die Lehrer dafür, dass uns nicht langweilig wurde. Wenn wir nicht in Wörlitz den Park besuchten, fuhren wir zum Bummel in die Städte Magdeburg oder Zerbst, oder wir vergnügten uns im Freibad, was uns bei den hohen Temperaturen am meisten Freude bereitete.

Dank meiner Tollpatschigkeit hatte ich mehr oder weniger schwere Unfälle. Mit ein bisschen Glück war ich nur gegen etwas gelaufen. Das Resultat war meistens ein dicker blauer Fleck. Es kam aber genauso gut vor, dass ich umknickte und mir den Fuß brach. So wie damals, als ich mit meiner Schwester im Wohnzimmer Fangen spielte und nur von der Couch gesprungen war. Jedes einzelne Missgeschick hatte einen Grund – mangelnde Konzentration. Was mich auf gar keinen Fall davon abhielt, weiterhin ab und zu übermütig zu sein.

Mit dem Hintergrundwissen war es demzufolge nicht verwunderlich, dass ich eines Nachmittags im Zerbster Freibad ausrutschte. Es passierte so schnell, dass ich einen Moment brauchte, um zu verstehen, was geschehen war. Bäuchlings und alle viere von mir gestreckt lag ich in einem knöchelhohen Wassergraben. Dieser verlief um das eigentliche Schwimmbecken und diente dem Zweck, das Schwimmwasser so sauber wie möglich zu halten. Nachdem ich kontrolliert hatte, ob mein Bikinioberteil dort saß, wo es hingehörte, schaute ich auf. Ich sah eine Menschentraube, die wild durcheinander auf mich einsprach.

„Hast du dir wehgetan?"

„Was ist passiert?"

„Geht es dir gut?"

„Ach herrje, Ihr Bein blutet."

„Können Sie aufstehen?", fragte meine Klassenlehrerin.

„Ich glaube schon", antwortete ich und setzte mich vorsichtig auf den Po. Einen Moment später suchte ich wie gewohnt den Körper nach Blessuren ab.

Alles in Ordnung, dachte ich, *scheint nichts passiert zu sein, bis auf … mein linker Oberschenkel.* Hier klafften zwei längliche, parallel verlaufende Wunden, aus denen rote Flüssigkeit sickerte. Erst jetzt registrierte ich, von welchem blutenden Bein vorhin die Rede gewesen war.

Ein Sanitäter kam angerannt. Er half mir hoch und brachte mich ins Sanitätszimmer, wo ich genau untersucht wurde. Nach einer gefühlten Ewigkeit kehrte ich mit der Gewissheit, dass dieses Mal nichts gebrochen war, und einem riesigen Pflaster auf dem Oberschenkel zu den anderen zurück.

Für den Rest des Tages, sowie für die darauffolgende Woche, wurde mir nicht nur ein Bade-, sondern ebenfalls ein Arbeitsverbot erteilt. Obwohl es mir überhaupt nicht gefiel, sah ich ein, dass die Gefahr einer Infektion zu groß war. Also hielt ich mich, wenn auch widerwillig, an diese Anweisungen.

Am Ende der zweiten Woche, besser gesagt am Tag vor der Abreise, erhielten wir unser wohlverdientes Geld. Abends besuchten wir gemeinsam mit der Parallelklasse die örtliche Disco. Wir hatten jede Menge Spaß, bis zu dem Zeitpunkt, als herauskam, dass die Jungs besoffen waren. Über ein paar Lehrlinge, die im Ort wohnten, kamen sie heimlich an Alkohol. Den Lehrern blieb das nicht lange verborgen. Sie drohten damit, die betreffenden Eltern zu informieren, sobald wir wieder zu Hause wären.

Am darauffolgenden Tag brachen wir in aller Herrgottsfrühe auf. Uns stand erneut eine lang andauernde Busfahrt bevor. Nur dieses Mal fuhren wir vom Süden in den Norden.

Abends im Bett ließ ich die letzten zwei Wochen noch einmal Revue passieren. *Die Ferienarbeit war anders, als ich sie erwartet hatte. Bisher hatte ich nur Erfahrungen an der Tankstelle, in der Kaufhalle und der Augenstation im Krankenhaus gesammelt. Aber nichts von dem wollte ich missen.*

Was wäre, wenn

„Ich komme", rief ich, nachdem es geklingelt hatte, und öffnete kurz darauf die Haustür. Daniela begrüßte mich mit einer herzlichen Umarmung. Zur selben Zeit kroch mir der Duft von frischen Brötchen in die Nase.

„Bin ich zu früh?", fragte sie.

Ich gehöre zu dem Typ Mensch, der vor dem ersten Hahnenschrei gutgelaunt aufsteht. Von daher war neun Uhr perfekt für ein Frühstück mit meiner Freundin. „Du kommst genau richtig", versicherte ich und nahm ihr den Mantel ab. Ihre Frage, ob Peter mit uns essen würde, verneinte ich.

Daniela schaute auf den gedeckten Tisch, sagte: „Das sieht aber lecker aus", und setzte sich. Sie holte sich eines der Brötchen aus der Tüte und erzählte mir, dass sie beim Bäcker ihren Ex-Mann getroffen hatte.

Obwohl sie immer wieder betonte, über die Trennung von ihrer ersten großen Liebe hinweg zu sein, erkannte ich am Klang der Stimme und ihrer Körpersprache, dass es nicht so war. „Denkst du auch manchmal, ‚was wäre, wenn'? Würdest du dann die Chance ergreifen und Ereignisse, die in deiner Jugend falsch gelaufen sind, ändern?", fragte ich.

Daniela überlegte kurz und antwortete: „Ich glaube schon. Und du?"

„Ich bin mir nicht sicher. Einerseits ja, dann würde ich die eine oder andere Peinlichkeit aus meinem Leben streichen."

„Wie meinst du das?", unterbrach mich Daniela.

Okay, überlegte ich und erzählte ihr dann die Geschichte, wie ich mit vierzehn Jahren in einen Jungen aus meiner Klasse verknallt war.

„Er hieß Michael, hatte strohblonde Haare und blaue Augen. Aber Pünktlichkeit war nicht seine Stärke. Dabei hatte er den kürzesten Schulweg von uns allen. Jeden Morgen huschte er erst mit dem Klingelzeichen in den Klassenraum."

„So einen hatten wir bei uns auch. Er war immer der Letzte", meinte Daniela. „Wie hieß der denn? Denkst du, ich komme jetzt auf den Namen?"

Ich schaute kurz aus dem Fenster und sah ein Pärchen Hand in Hand vorbeischlendern. Nachdem sie aus meinem Blickfeld verschwunden waren, sagte ich: „Der fällt dir wieder ein, wenn du zu Hause bist."

„Glaub ich auch. Aber erzähl weiter."

„Wo war ich stehengeblieben? Ach ja." Ich plauderte aus, dass Michael und ich nach dem Unterricht ab und zu gemeinsam heimgegangen waren, und schwärmte: „Diese Minuten waren die aufregendsten und glücklichsten meines bisherigen Lebens. Wie du dir sicher vorstellen kannst, vergingen sie immer viel zu schnell."

„Warum hast du dir nichts ausgedacht, um mehr Zeit mit ihm zu verbringen?"

Ich schüttelte den Kopf. „Dafür war ich viel zu feige. Aber eines Tages geschah etwas Unvorstellbares."

Daniela beugte sich ein wenig nach vorne. Dabei wurden ihre Augen immer größer.

„Er fragte mich, ob wir uns am darauffolgenden Nachmittag treffen könnten. Ich war sprachlos und hatte das Gefühl, mein Herz setzt vor Freude für einige Schläge aus. Am liebsten wäre ich ihm um den Hals gefallen, aber ich stand nur regungslos da. Statt zu antworten, grinste ich wie ein Honigkuchenpferd und nickte wie ein Wackeldackel. Michael schien das Verhalten nicht zu stören, denn er lachte mich nicht aus. Im Gegenteil. Er schenkte mir ein warmherziges Lächeln. Wir vereinbarten Uhrzeit und Treffpunkt und verabschiedeten uns dann. Du kannst dir sicher vorstellen, dass ich den Rest des Tages auf rosa Wolken schwebte."

Daniela nickte.

Ich nahm einen Schluck Kaffee und berichtete weiter: „Am nächsten Morgen traf ich auf dem Schulweg meine Klassenkameradin Sabine. Sie fragte, weshalb ich über beide Ohren grinste. Naiv und vollgepumpt mit Glückshormonen erzählte ich vom romantischen Treffen am Nachmittag. Das war ein Fehler."

„Warum?"

„Weil Sabine ohne Vorwarnung losbrüllte: ,Wie kannst du nur? Ich bin doch in Michael verliebt. Und wenn du meine Freundin wärst, dann würdest du ihn in Ruhe lassen'. Ich sag nur – wenn Blicke töten könnten!"

Daniela schluckte und fragte entsetzt: „Wie hast du reagiert?"

„Ich war irritiert. Bis dato hatte ich keine Ahnung, dass Sabine und ich befreundet waren. Nur weil sie eine Klassenkameradin war und wir neuerdings am Samstagmorgen zusammen zum Bäcker radelten, bedeutete es nicht, dass wir Freundinnen waren." Bei diesen Worten schüttelte ich energisch den Kopf und fügte im Stillen hinzu: *Dazu gehört mehr! Wer mit mir befreundet sein will, muss mir erst beweisen, wie ernst er es meint,* dann fuhr ich fort: „Ich wunderte mich, warum ihr Interesse ausgerechnet dem Jungen galt, der sich mit mir verabredet hatte. Sie hätte jeden anderen aus der Schule haben können."

„Hast du ihr nicht gesagt, wie du empfindest?"

Ich schüttelte erneut den Kopf und antwortete: „Selbst, wenn ich so mutig gewesen wäre, die Schulglocke klingelte und wir rannten zum Unterricht.

Den Rest des Tages versuchte ich, den unerfreulichen Zwischenfall mit Sabine beiseitezuschieben. Ohne Erfolg. Ich war hin- und hergerissen. Auf der einen Seite sehnte ich das Treffen mit Michael herbei, aber andersherum überlegte ich fieberhaft, ob es das Richtige war. Vor allem spukte ständig der Gedanke in meinem Kopf, was wäre, wenn sich zwischen den beiden etwas anbahnte und ich dieses zerstörte. Ich wollte mich auf gar keinen Fall dazwischen drängeln. Noch einen Schluck Kaffee …?"

„Ja gerne … danke. Und, wie hast du dich entschieden?"

Erst schenkte ich Daniela nach, dann sprach ich weiter: „Um Klarheit zu bekommen, musste ich der Sache auf den Grund gehen. Je näher die Zeit rückte, desto aufgeregter wurde ich. Ich war so fickrig, dass ich sprichwörtliche Achten in den Teppich rannte. Wie ich auf dem Weg zum Treffpunkt war, sah ich schon aus der Ferne, dass Michael lässig an einen Baum gelehnt stand. Meine Knie wurden weich und das Herz schlug mir bis zum Hals. Ich kam mir vor wie Cinderella, die beim Anblick ihres Prinzen dahinschmolz. Nachdem er vorgeschlagen hatte, zum nahegelegenen Wäldchen zu spazieren, schob ich die anfänglichen

Bedenken beiseite. Wir liefen nebeneinander her und redeten über dies und das. Dabei sah ich ihn immer wieder heimlich von der Seite an und hoffte, dass er es nicht mitbekam."

Daniela kicherte und hätte sich dadurch fast verschluckt.

Vorm geistigen Auge sah ich die Spätnachmittagssonne, wie sie den Blättern einen besonderen Zauber verlieh. Vögel zwitscherten und in der Nähe hörte ich die Klopfgeräusche eines Spechtes. Der Duft von Moos und modrigem Gehölz kroch in meine Nase. Zeitgleich spielte über uns der Wind mit dem Blätterdach des Waldes.

Ich bestrich die zweite Brötchenhälfte mit selbstgemachter Marmelade und erzählte weiter: „Nachdem wir am Wäldchen angekommen waren, fragte Michael höflich, ob er meine Hand halten darf. Ist das nicht romantisch? Selbstverständlich hatte ich nichts dagegen. Dennoch antwortete ich ihm auf die gleiche Art wie am Tag zuvor – mit meinem schönsten Honigkuchenpferd-Grinsen und Wackeldackel-Kopfbewegungen.

Wie frisch Verliebte schlenderten wir gemütlich ein paar Wege entlang, die ich nicht kannte. Was mir aber völlig egal war. Ich schwebte auf Wolke sieben. Immer, wenn sich unsere Blicke trafen, lief mir ein angenehmer Schauer durch den Körper bis hinunter zu den Zehenspitzen.

Nach einer Weile blieb er abrupt stehen und küsste mich auf den Mund. Seine Lippen waren so weich und warm. Die Gefühle überrollten mich. Ich war sprachlos. An seinem Lächeln hoffte ich zu erkennen, dass es ihm ähnlich erging. Deshalb hatte ich nur einen Wunsch: Mit ihm bis in alle Ewigkeit Händchen haltend spazieren zu gehen", schwärmte ich.

„Och, wie romantisch", meinte Daniela. Nach einer Weile fügte sie hinzu: „Dann hatte diese Sabine dich doch angelogen, oder? Die beiden waren gar nicht zusammen. Sie hatte es in Wirklichkeit darauf abgesehen, ihn dir auszuspannen. Wie hinterlistig ist das denn? Ich hoffe, du hast ihr anständig die Meinung gesagt."

Ich verneinte.

Daniela war irritiert. „Warum nicht?"

„Weil ich ein blödes Schaf war. Bis heute habe ich keine Ahnung, welcher Hafer mich gestochen hatte, dass ich Michael vom Zwischenfall mit Sabine erzählte. Von den Gefühlen, die sie ihm gegenüber hegte, hatte ich ja erst kürzlich erfahren, und das sagte ich ihm. Zu meinem Erstaunen fragte er mich jetzt über sie aus. In Sekundenschnelle verschwanden sämtliche Schmetterlinge aus meinem Bauch. Jede weitere Minute an seiner Seite stieg das Unwohlsein. Ich wollte nur noch nach Hause. Glaub mir, wenn es geholfen hätte, alles rückgängig zu machen, dann hätte ich mir dafür die Zunge abgebissen. Es war zu spät. In meiner Naivität überließ ich ihm die Wahl, in der Hoffnung, dass er sich für mich entschied. Was er aber nicht tat."

„Och, Mensch. Das tut mir leid."

„Das braucht es nicht. Auf der einen Seite frage ich mich schon ab und zu, warum ich ihm von ihr erzählt habe. Aber andersherum, was wäre, wenn nicht? Hätte die Liebe bis heute durchgehalten? Und wenn nicht, wäre ich dann trotzdem meinem Traummann begegnet?"

„Da hast du recht. Apropos Traummann", sagte Daniela, schaute auf ihre Armbanduhr und wurde gleich hektisch. „Oh, so spät schon. Wie die Zeit vergeht. Ich würde dir am liebsten den ganzen Tag zuhören. Leider muss ich jetzt nach Hause. Mein Mann kommt bald von der Arbeit und möchte etwas zu essen auf dem Tisch."

„Kein Problem. Wir schnattern ein anderes Mal weiter." Eine Minute später war Daniela zur Tür hinaus.

Jetzt kennen wir uns schon so lange und haben uns immer noch so viel zu erzählen, ging es mir durch den Kopf, und ich freute mich auf das nächste Mal.

Sehr geehrter Herr Erich Honecker

Nachdem sich meine Arbeitskollegin versichert hatte, dass niemand uns beobachtete, schob sie mir eines Morgens mit den Worten „An diese Adresse kannst du dich wenden" ein kleines Stückchen Papier über den Tisch.

Unauffällig ließ ich es in meiner Hosentasche verschwinden. Um die Neugierde zu stillen, beendete ich kurz darauf die Frühstückspause und verließ die Kantine. Auf der Suche nach einem ungestörten Ort lief ich den schmalen Flur zu den Umkleideschränken hinunter. Nicht damit rechnend, hörte ich zuerst Stimmen und sah einen Augenblick später zwei Personen in meine Richtung laufen. *Oh Gott*, dachte ich. *Wir waren nicht vorsichtig genug. Irgendjemand hat etwas beobachtet und uns dann verpetzt. Was mache ich denn jetzt?* Panik stieg in mir auf. Kurz bevor ich gesehen werden konnte, bog ich links in den Waschraum ein. Rasch versteckte mich dort in einer der Toilettenkabinen. Ich hielt den Atem an und lauschte.

Nichts.

Mit der Annahme, die Personen wären weitergegangen, atmete ich erleichtert auf. *Puh, noch mal Glück gehabt.* Ich fingerte das Papier aus der Hosentasche, faltete es auseinander und traute meinen Augen nicht. *Wow …* Auf dem Zettel stand die Adresse von Erich Honecker.

Gewiss bin ich nicht so naiv zu glauben, dass es seine Privatadresse war. Ebenso nahm ich nicht an, dass er die an ihn adressierten Briefe je zu Gesicht bekam. Aber es war eine Chance, die ich unbedingt ergreifen wollte. Meine Freude war groß, trotzdem brauchte ich einen Moment, um zu realisieren, was von diesem kleinen Stück Papier abhing. *Wenn ich den Schritt gehe, ist alles möglich,* überlegte ich und schob dann die Bedenken beiseite. *Andererseits, was wird schon großartig passieren? Schließlich hoffe ich doch nur auf eine eigene Wohnung und nicht auf die Ausreise ins feindliche Ausland.* Ich steckte den Zettel wieder in die Hosentasche, zog an der Klo-Spülung und ging nach dem Händewaschen zurück an meine Arbeit.

Ich hatte null Ahnung, was auf mich zukommen würde. Daher zog ich es vor, im Geheimen zu operieren. Ich passte einen ungestörten Moment ab und schrieb einen Brief.

Sehr geehrter Herr Erich Honecker,
hiermit ...

In diesem Bewerbungsschreiben erwähnte ich, wie groß meine Freude wäre, wenn ich in der Hauptstadt arbeiten dürfte. Weiterhin gab ich die Absicht kund, mich langfristig dort niederzulassen. Deshalb kam die Unterbringung in einem Arbeiterwohnheim, so wie es die übliche Vorgehensweise war, nicht infrage. Nachdem ich mich für die Bemühungen im Voraus bedankt hatte, schickte ich den Brief mit freundlichen Grüßen ab.

In den kommenden Tagen und Wochen herrschte das reinste Gefühlschaos. Von euphorischer Freude auf eine eigene Wohnung über … ich bekomme eh keine Antwort … bis hin zu … es hat geklingelt, Hilfe … Mitglieder des Ministeriums für Staatssicherheit (kurz STASI genannt) holen mich ab, war alles vertreten. Es war eine schreckliche Zeit. Meine Angst, jemanden mit in den Abgrund zu stürzen, war enorm groß. Aus diesem Grund vertraute ich niemandem.

Nach einem Monat Bangen und Hoffen hatte das Warten endlich ein Ende. Zuerst erhielt ich ein Antwortschreiben. In dem wurde mir mitgeteilt, dass man über die Bewerbung erfreut sei und es an die dafür zuständige Abteilung weitergeleitet hätte.

Wie zu befürchten blieb meinen Eltern der wichtige Brief aus der Hauptstadt nicht verborgen. Mit einer Mischung aus strengem und besorgtem Blick erkundigten sie sich, was ich mir dabei gedacht hatte.

„Nichts", versicherte ich ihnen und erzählte von den Auszugsplänen. Die darauffolgende Standpauke spiegelte wider, dass meine Eltern die Aktion für keine tolle Idee hielten. Binnen Sekunden sah ich meinen Traum zusammenschrumpfen – so wie bei einem Luftballon, dem die Luft entwich.

Am nächsten Tag kam ich zur Arbeit und wurde umgehend zur Geschäftsleitung zitiert. *Der Buschfunk funktioniert aber schnell*, ging es mir durch den Kopf, und ich rechnete abermals mit dem Schlimmsten. Zu meinem Erstaunen wurde ich nicht von der STASI empfangen, sondern nur von ein paar ernst guckenden Gesichtern. Wieder wurde ich nach meinen Beweggründen gefragt und ich erläuterte ausführlich die Hintergründe der Bewerbung. In einem Staat, in dem ich nicht erkannte, wer vertrauenswürdig war und wer nicht, achtete ich akribisch auf meine Wortwahl. Weil es in den Ohren der Vorgesetzten immer gut klang, gab ich auch dieses Mal vor, zum Wohle des Volkes zu handeln, wenn ich am Aufbau der Hauptstadt mithelfen dürfe. Nach der Erwähnung, dass mir der momentane Arbeitsplatz zu eintönig sei, ich aber Interesse hätte, mich weiterzuentwickeln, bekam ich eine neue Stelle angeboten.

Die Freude war groß. Trotzdem wurde ich den Verdacht nicht los, dass die Geschäftsleitung eine bestimmte Strategie verfolgte. Vermutlich waren sie davon überzeugt, dass ich durch die neue Tätigkeit mein Vorhaben vergesse oder zumindest abblase.

Klar, ich bin ja nur eine kleine, dumme, zwanzigjährige Verkäuferin, ging es mir durch den Kopf. *Außerdem ist mein Wohnungsproblem mit der neuen Arbeitsstelle nicht behoben.* Ich hoffte, diesbezüglich bald eine positive Nachricht aus Berlin zu bekommen. Um Zeit zu gewinnen, willigte ich ein. Von einem auf den anderen Tag tauschte ich den Platz an der Kaufhallenkasse gegen vielversprechende Herausforderungen im Kunstgewerbeladen.

Die Arbeit war abwechslungsreich und bereitete mir großen Spaß.

So plätscherten sechs Monate dahin, in denen sich die Geschäftsleitung in Sicherheit wiegte. Ich weiß nicht, ob sie sich insgeheim auf die Schultern klopften, weil sie annahmen, eine Arbeitskraft am Umzug gehindert zu haben.

Sie irrten sich. Es kam der Tag, auf den ich schon so lange gewartet hatte. Im Briefkasten entdeckte ich ein Schreiben aus Berlin. Ich öffnete noch im Hausflur den Umschlag und staunte. Es war eine Einladung zum Bewerbungsgespräch.

Ich war überglücklich. Am liebsten hätte ich es in die ganze Welt hinausgeschrien. Aber solange nichts unterschrieben war, bestand die Gefahr, dass sich das Blatt wendete. Am Abend zeigte ich den Brief meinen Eltern. Meine Mutter war nicht begeistert, trotzdem bot sie mir an, mich zu begleiten.

Eine Woche später standen wir in aller Herrgottsfrühe auf. Wir fuhren vier Stunden mit dem Zug von Greifswald zur Hauptstadt Berlin. Dort stiegen wir um in die U-Bahn.

Nach dem Gespräch, was aus meiner Sicht hervorragend verlaufen war, begleitete uns ein Angestellter zur Besichtigung einer Dreizimmerwohnung. Ich war verwirrt, denn bisher hatte ich immer nur gehört, dass Wohnraum knapp sei. Angeblich war es schwer, den Bedarf trotz der vielen Plattenbauten zu decken. Deshalb wurden vom Staat gewisse Richtlinien festgelegt.

Am Tag meiner Volljährigkeit schaute ich beim Greifswalder Wohnungsamt vorbei. Mit dem Eintragen in eine Warteliste erkundigte ich mich höflich, auf welcher Position mein Name jetzt stand.

Der Sachbearbeiter war äußerst ungehalten. Er gab mir zu verstehen, dass es unmöglich wäre, die Reihenfolge einzuhalten. Außerdem würde ausschließlich nach Dringlichkeit entschieden.

Ich fragte, wann diese denn vorläge.

„Erst wenn Sie verheiratet sind und ein oder besser zwei Kinder haben, dann sind Sie ein Dringlichkeitsfall und bekommen eine Wohnung."

Ich hatte weder Kinder, noch war ich verheiratet. Auf die Gefahr hin, die Wohnung nicht zugesprochen zu bekommen, erzählte ich bei der Wohnungsbesichtigung dem

Angestellten aus Berlin von meiner Erfahrung auf dem Greifswalder Wohnungsamt.

Ein ‚Das-höre-ich-nicht-zum-ersten-Mal'-Blick traf mich, bevor er antwortete: „Wir denken im Voraus. Ich gehe davon aus, dass Sie demnächst heiraten und Kinder haben. So sparen Sie sich das ständige Umziehen. Und, wie gefällt Ihnen die Wohnung?"

Sie war perfekt. Ich kam mir vor wie in einem Traum. In der ganzen Zeit hielt sich meine Mutter im Hintergrund. Obwohl ich dem Mann zustimmte, hatte ich in Wahrheit nicht die Absicht, eines von beidem in naher Zukunft umzusetzen.

Mit zwei Unterschriften im Gepäck, eine im Arbeitsvertrag und die andere unter meinem ersten Mietvertrag, fuhren wir am Nachmittag wieder nach Hause. Ich war fix und fertig, trotzdem bat ich meine Mutter mehrfach, mich zu kneifen. Mein Glück war kaum zu fassen. Am Morgen war noch alles offen und jetzt hatte ich ein halbes Jahr Zeit, sämtliche Angelegenheiten zu regeln.

Abends, als ich im Bett lag und vor lauter Aufregung nicht einschlief, wanderten meine Gedanken zu der Arbeitskollegin, die mir die Adresse zugesteckt hatte. Ich nahm mir vor, in den nächsten Tagen am alten Arbeitsplatz vorbeizuschauen, um ihr persönlich zu danken. Zu diesem Zeitpunkt hatte ich keine Ahnung, dass ich sie nie wiedersehen würde.

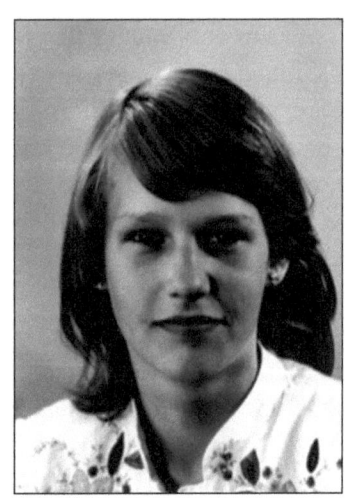

Das ist wieder typisch

Gesine war eine von vielen Arbeitskolleginnen, die ich, nachdem ich in die Hauptstadt umgezogen war, kennengelernt hatte. Mit einigen feierte ich hin und wieder am Freitag nach der Spätschicht, manchmal sogar die ganze Nacht hindurch. Getreu dem Motto ‚Wer feiern kann, kann auch arbeiten‘, erschienen wir am darauffolgenden Morgen pünktlich zur Frühschicht.

Jeder Einzelne von uns war froh, dass niemand von der Geschäftsleitung auf die Idee kam, uns in ein Röhrchen pusten zu lassen. Das Ergebnis hätte für einige fatal sein können.

Auf einer dieser Partys kam ich mit Gesine, die in der Backwarenabteilung arbeitete, näher ins Gespräch. Sie berichtete mir vom Arbeiterwohnheim, in dem sie untergebracht war, und von den Kakerlaken, die in der Dunkelheit über die Betten liefen. Allein die Vorstellung verursachte bei mir eine Gänsehaut. Nachdem sie erwähnt hatte, dass sie die Nächte auf irgendeiner Parkbank verbrachte, fasste ich einen Entschluss. In meiner Wohnung war reichlich Platz, deshalb bot ich ihr an, bei mir zu schlafen. Ich fügte hinzu, dass sie so lange bleiben konnte, bis sie etwas Eigenes gefunden hatte. Sie nahm das Angebot gerne an.

Das war vor einigen Wochen. Jetzt stürmte Gesine ins

Schlafzimmer und rief: „Steh auf, Trantüte, und hör dir das an."

Langsam öffnete ich ein Auge und schielte zum Wecker, der auf dem Nachtschrank stand. Sieben Uhr dreiundzwanzig. *Och nö, ich hätte noch eine ganze Stunde schlafen können*, maulte ich in mich hinein. „Was ist denn los? Es war ausgemacht, dass wir heute ausschlafen", brummte ich, drehte meinen Körper auf die andere Seite und zog mir die Bettdecke über die Ohren.

Gesine gab keine Ruhe. Immer wieder gängelte sie mich, aufzustehen und ihr ins Wohnzimmer zu folgen. „Los jetzt!"

Wir hatten zwar in der letzten Zeit viel Spaß miteinander gehabt, doch an diesem Morgen wünschte ich sie zum Teufel. Aber alle Wünsche halfen nichts. Ich wusste, dass sie mich erst dann weiterschlafen lassen würde, wenn ich mir anhörte oder ansah, was für sie so dringlich erschien. Widerwillig verließ ich das kuschlige Bett und schlurfte hinüber ins Wohnzimmer.

„Ich war dabei, den Frühstückstisch zu decken", berichtete sie aufgeregt. „… und dann hörte ich in den Nachrichten, dass die Mauer gefallen ist. Erst dachte ich, ich hätte mich verhört. Ich habe den Fernseher angemacht und … Auf allen Kanälen läuft das Gleiche. Guck …"

Hä? Irritiert über diese Neuigkeit, schaute ich zwischen Gesine und der jubelnden Menschenmasse auf dem Bildschirm hin und her. Es dauerte eine Weile, bis ich begriff, welches große Ereignis die ganze Welt letzte Nacht erlebt, aber wir beide verschlafen hatten.

Zurück ins Bett zu krabbeln kam jetzt definitiv nicht mehr infrage, daher zogen wir uns an. Angesteckt von der Euphorie begaben wir uns mit der S-Bahn auf den Weg.

Wir reihten uns in eine der Warteschlangen ein, bis wir den Grenzposten passierten.

Gesine und ich bestaunten das Schlaraffenland im ehemaligen feindlichen West-Berlin. Zuerst fielen uns die vielen Schaufenster auf. Wie eine Perlenkette leuchteten ihre Reklameschilder. Beeindruckt waren wir über die zahlreichen Lebensmittel, von denen wir bislang nur geträumt hatten. Die Vielzahl der verschiedenen Klamotten faszinierte uns ebenfalls.

Ein paar Stunden später fuhren wir mit vielen neuen Eindrücken wieder nach Hause. Nachdem wir sie halbwegs verarbeitet hatten, tauchten wir im gewohnten Alltag ab. Im Gegensatz zu manch anderen verspürten wir nicht den Drang, die ehemalige DDR zu verlassen. Die Grenze war jetzt offen und somit konnten wir, wann immer wir Lust dazu hatten, endlich reisen.

Sechs Monate später feierten wir den Einzug in Gesines eigene Einzimmerwohnung.

So verging das erste Jahr, in dem ich, weit weg vom Elternhaus, das auslebte, was jede junge Frau über alles liebte – ich genoss die Freiheit in vollen Zügen.

Im darauffolgenden Sommer war es unerträglich heiß. Einen unserer freien Tage nutzten Gesine und ich, um zu shoppen. Da keine von uns einen Führerschein besaß, fuhren wir mit dem Bus zum Einkaufszentrum. Dort angekommen, schlenderten wir von einem Geschäft zum nächsten. Wir alberten herum und kauften Sachen, die wir brauchten, und einige, die wir vielleicht irgendwann einmal brauchen könnten. Ab und zu setzten wir uns auf eine Bank, um auszuruhen. Am späten Nachmittag begaben wir uns, voll bepackt mit Einkaufstüten, auf den Heimweg.

Kurz bevor der Bus an meiner Station hielt, sagte ich scherzhaft zu Gesine: „Schubs mich mal aus dem Bus! Ich habe so viel zu schleppen." Dabei deutete ich auf die Einkäufe auf dem Schoß.

„Klar, kein Problem", antwortete sie und knuffte mir vergnügt in die Seite.

Daraufhin verabschiedeten wir uns und ich lief zum Ausgang.

Der Bus hielt.

Ich winkte kurz in ihre Richtung. Die Tür öffnete sich und ich … trat ins Leere. Vor lauter Übermut übersah ich eine Stufe und stürzte der Länge nach hin.

Sekunden später verteilte sich der Inhalt der Einkaufstaschen auf dem Bürgersteig.

Vollgepumpt mit Adrenalin, signalisierte mir das Gehirn, schleunigst mein Hab und Gut zu sichern. Ich machte mich umgehend daran, bäuchlings jedes einzelne Teil wieder einzusammeln.

Der Busfahrer schien den Bauchklatscher mitbekommen haben. Er stieg aus, stellte sich neben mich und fragte: „Ist alles in Ordnung?"

Blöde Frage, dachte ich und wollte antworten, dass ich nur müde wäre und mich deshalb für ein Nickerchen auf den Bürgersteig gelegt hätte. Nachdem ich aber seinen besorgten Gesichtsausdruck gesehen hatte, versicherte ich ihm, dass ich okay sei. Ich schenkte ihm mein schönstes Lächeln, das ich unter diesen Umständen aufbrachte.

Er stieg daraufhin wieder ein und ich bemerkte Gesines fragenden Blick hinter der Scheibe. Einen Augenblick später schien sie zu begreifen, was passiert war, und lachte prompt los.

Ich hingegen fand es gar nicht komisch. Mit zwei Fingern signalisierte ich ihr, dass ich sie gleich anrufen würde. Immer noch auf dem Bauch liegend sah ich dem Bus hinterher. Dabei presste ich die Einkaufstaschen fest an meinen Körper.

In der Zeit, in der ich überlegte, wie ich aus dieser misslichen Lage herauskam, bemerkte ich, dass einige Passanten stehen blieben und mich anstarrten. Aber statt mir zu helfen, schüttelten sie nur den Kopf. Mir schien nichts anderes übrig zu bleiben, als alleine aufzustehen. Mein Plan sah vor, zuerst die Tüten behutsam beiseitezulegen. Hinterdrein positionierte ich meinen Körper in den Vierfüßlerstand. *So weit, so gut*, stellte ich fest und sammelte die weggerollten Äpfel ein.

Der darauffolgende Schritt war der schwierigste. Immer wenn ich zum Aufstehen ansetzte, hatte ich das Gefühl, jemand würde mir ein Messer in den linken Fuß rammen. Unter Beobachtung von diversen Schaulustigen, die mich mit größter Wahrscheinlichkeit für volltrunken hielten, schaffte ich es nach einigen Anläufen mit der Eleganz einer Zweijährigen in den aufrechten Stand.

Für den Heimweg brauchte ich eine Ewigkeit. Statt der üblichen fünf Minuten dauerte es eine halbe Stunde. Bei einem Wettrennen mit einer Schnecke hätte ich haushoch verloren.

In dem Moment, als ich zu Hause ankam, klingelte das Telefon. Ich nahm den Hörer ab. Noch bevor ich meinen Namen nennen konnte, fragte Gesine, was die Stunteinlage vor dem Bus zu bedeuten gehabt hätte. Daraufhin erzählte ich ihr, was geschehen war.

„Das ist wieder typisch. Ich sitze ahnungslos im Bus und

wundere mich, dass der nicht weiterfährt. Dann guck ich aus dem Fenster und was sehe ich … Katy, wie sie alle viere von sich gestreckt auf dem Bürgersteig liegt", meinte Gesine und hörte gar nicht mehr auf zu gackern.

Sie amüsierte sich köstlich und bei mir machten sich die Schmerzen im Fuß immer stärker bemerkbar. Ich schwankte zwischen dem ansteckenden Lachen und dem Drang, heulen zu wollen, hin und her.

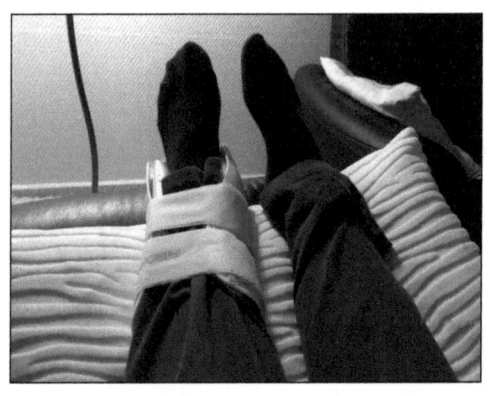

Nachdem das Gespräch beendet war, begab ich mich noch einmal auf den Weg. Ich humpelte zur U-Bahn und fuhr ins nahegelegene Krankenhaus. Dort erklärte mir der Unfallchirurg, dass beim Sturz ein Stückchen vom linken Fußknöchel abgerissen wurde. *Na super*, dachte ich, *das habe ich mal wieder toll hinbekommen!*

Das Wochenende in Paris

In der Zeit, in der meine Arbeitskollegin vorübergehend bei mir wohnte, sahen wir uns eine Reportage über den Freizeitpark Disneyland Paris an. Der Beitrag war so faszinierend, dass wir am liebsten auf der Stelle losgefahren wären. Leider klappte es nicht mit dem spontanen Kurzurlaub. Aus diesem Grund legten wir den Plan erst einmal auf Eis. Später, nachdem Gesine längst in ihre eigene Wohnung gezogen war, hatte ich die Reise bereits vergessen. Eines Tages teilte sie mir nichts ahnend mit, dass sie uns für eine Wochenendtour nach Paris angemeldet hatte. *Wow*, dachte ich, *die Stadt der Liebe. Und dann der Besuch im Freizeitpark.* Bis dahin kannte ich ja nur die Schausteller, die ein- oder zweimal im Jahr mit ihrem Rummel in unserem Ort kampierten. Daher freute ich mich wie ein kleines Kind.

Wir hatten kaum Zeit für die Vorbereitung, denn schon am kommenden Wochenende sollte es losgehen. Weil die Wohnung meiner Kollegin näher am vereinbarten Abfahrtsort lag, beschlossen wir, dass ich bei ihr übernachtete. An Schlaf war aber nicht zu denken. Wir waren dermaßen aufgeregt, dass wir weder die Münder noch die Augen zu bekamen.

Um drei Uhr war die Luft kühl und feucht.

Nachdem der vollbesetzte Bus seine Fahrt pünktlich begonnen hatte, wiesen in der Dunkelheit Laternen den Weg aus der Hauptstadt in Richtung Landstraße.

Zeitgleich mit der obligatorischen Begrüßungsrede wurden an uns Lunch-Pakete verteilt. Mehr als einmal erwähnte der Reiseleiter, dass wir einen straffen Zeitplan einzuhalten hätten. Mit strenger Stimme verkündete er: „Daher werden wir auf keinen Fall auf zu spät kommende Fahrgäste warten. Wer nicht pünktlich am vereinbarten Treffpunkt erscheint, muss zusehen, wie er wieder nach Hause kommt."

Ich traute meinen Ohren kaum. Die Vorstellung, dass seine Drohung ernst gemeint war, fand ich grauenvoll. Daher hielt ich es für besser, ihn lieber nicht auf die Probe zu stellen. Draußen war es stockdunkel und wir hatten eine lange Fahrt vor uns. Ich entschloss mich zu einem Schläfchen. Deshalb kuschelte ich mich so bequem wie möglich auf meinen Sitzplatz und schloss die Augen. Schon nach ein paar Minuten bereute ich, die Nacht nicht zum Schlafen genutzt zu haben. Das Bett in Gesines Wohnung war kuschlig und weich, die Sitzgelegenheit im Bus hingegen unbehaglich und hart. Außerdem schien der Fahrer kein Schlagloch auszulassen, was zur Folge hatte, dass mein Kopf unkontrolliert an die Fensterscheibe donnerte. Und natürlich immer dann, wenn ich im Begriff war einzunicken. *Na, das kann ja heiter werden.*

Wir fuhren zügig durch die Nacht. In einer der seltenen Pausen, bei denen wir unsere Beine vertraten und die Sanitäranlagen aufsuchten, gesellte sich ein zweiter Fahrer zur Reisegesellschaft.

Freude kam auf. Umsonst, denn es änderte sich nichts am Fahrstil.

Bevor am frühen Vormittag des darauffolgenden Tages Paris in greifbare Nähe rückte, teilte uns der Reiseleiter in zwei Gruppen ein. Die erste Hälfte der Mitreisenden hatte sich für sämtliche Sehenswürdigkeiten in der Stadt der Liebe angemeldet. Der Rest freute sich auf den Tagesausflug ins Disneyland. Mit dem Versprechen, dass uns der Bus pünktlich um achtzehn Uhr abholen würde, verließen wir kurz darauf das Fahrzeug und liefen zum Eingang des Freizeitparadieses.

Kaum waren wir ausgestiegen, öffnete sich die graue Wolkendecke und gab den Weg für Nieselregen frei. Wenn wir gewusst hätten, dass er den ganzen Tag andauern würde, wäre uns sicher im Vorfeld eingefallen, einen Schirm einzupacken.

Nachdem sich Gesine bei mir untergehakt hatte, durchschritten wir ein paar Minuten später feierlich und mit kindlicher Neugierde das Tor zu einer anderen Welt.

Gleich hinter dem Eingang erstreckte sich eine lange Einkaufspassage mit vielen Souvenirläden. Um die Besucher zum Kauf der in meinen Augen überteuerten Waren zu animieren, liefen lebensgroße Disney-Figuren die Straße auf und ab.

Zur Erinnerung fotografierten wir uns gegenseitig mit einem Disney-Tier und widmeten dann die gesamte Aufmerksamkeit der farbenfroh gestalteten Anlage.

Alle Fahrgeschäfte waren frei. Aus diesem Grund probierten wir ein Karussell nach dem anderen aus. Es fühlte sich so an, als wären wir Kinder in einem Spielzeugladen kurz vor Weihnachten.

Gegen sechzehn Uhr war bei mir die Euphorie, den letzten Winkel der Anlage zu entdecken, verflogen. Zwei Drittel des Geländes waren geschafft und wenn es nach Gesine gegangen wäre, hätten wir uns auch noch den Rest angesehen. Aber ich verweigerte jeden weiteren Schritt. Erschöpft ließ ich mich auf einer Bank nieder. Auf ihre Frage, was los sei, jammerte ich: „Ich bin müde, hungrig und friere wie ein Schneider. Meine Klamotten sind bis auf die Unterhose nass. Weißt du, was das für ein Gefühl ist? Ich komme mir vor wie eine Dreijährige, die sich in die Hose gemacht hat. Außerdem tun mir alle Knochen weh. Von mir aus schau du dir den Rest an. Ich warte hier. Hol mich ab, wenn du fertig bist."

Sie setzte sich an meine Seite und erklärte enttäuscht: „Ohne dich habe ich keine Lust weiterzugehen." Nach einem kleinen Seufzer fügte sie hinzu: „Der Bus kommt erst in zwei Stunden. Vorschläge, wie wir so lange die Zeit totschlagen?"

Ich fühlte mich mit der Frage vollkommen überfordert. Deshalb schaute ich sie schief von der Seite an und fragte entrüstet: „Du glaubst doch nicht, dass ich eine einzige meiner schon abgeschalteten Gehirnzellen erneut zum Denken animieren kann? Keine Chance. Ich bin so fix und fertig, dass ich nur noch ins Hotel, duschen und dann ins frisch bezogene Bett fallen will." Der Gedanke an eine bequeme, saubere und vor allem trockene Schlafstelle zauberte mir für eine Millisekunde ein Lächeln ins Gesicht.

„Okay, dann lass uns wenigstens dort warten, wo es etwas geschützter ist", beschloss sie, stand auf und setzte sich in Bewegung.

Mit diesem Vorschlag war ich einverstanden. Ich verabschiedete mich von der harten Holzbank und trottete hinter ihr her.

Auf dem Parkplatz von Disneyland trafen wir ein paar Leute, die zu unserer Reisegesellschaft gehörten. Sie standen in einem der Wartehäuschen und warteten auf den Reisebus. Es folgte ein obligatorisches „Hallo, auch schon hier?" Bei der weiteren Unterhaltung erfuhren wir, dass es von ihnen ebenfalls keiner geschafft hatte, das Gelände in seiner Gänze zu besichtigen.

In der Zeit des Ausharrens beobachtete ich die anderen. Beruhigt stellte ich fest, dass es denen scheinbar nicht besser ging als mir. *Alle sehen so aus, wie ich mich fühle: müde, kaputt, nass und verfroren*, ging es mir durch den Kopf.

Nach und nach trudelten immer mehr aus der Gruppe ein. Endlich war es achtzehn Uhr. Jeder Einzelne aus unserer Hälfte der Reisegruppe war pünktlich am vereinbarten Treffpunkt, nur der Bus nicht. Unmut breitete sich aus. Darauf folgten einige bildhafte Mutmaßungen, wie wir von diesem Ort wegkämen. Es dauerte eine gefühlte Ewigkeit, bis wir den Bus um die Ecke biegen sahen. Uns fiel ein Stein vom Herzen. Mit fünfundvierzigminütiger Verspätung und einer halbherzigen Entschuldigung vom Reiseleiter fuhren wir endlich in Richtung der Pariser Innenstadt, wo unsere Übernachtungsmöglichkeit seitens des Veranstalters gebucht worden war.

Ich war dabei, es mir auf dem Sitzplatz bequem zu macht, als folgende Nachricht an mein Ohr drang: ‚Bei der Buchung hat es Komplikationen gegeben. Daher wird ein Teil der Anwesenden in einem anderen Drei-Sterne-Hotel übernachten.'

Diese Mitteilung führte zu erheblicher Unruhe. Niemand wollte auf den bezahlten Komfort verzichten. Weil alle durcheinander sprachen, stieg der Lärmpegel enorm in die Höhe.

Nach der Versicherung, dass es qualitativ keine Abstriche gäbe, verlas der Reiseleiter zehn Namen, darunter war der von Gesine und meiner. Wenige Minuten später stoppte der Bus und der Großteil der Gruppe stieg aus. Wir – die Auserwählten – fuhren weiter. Nachdem der Bus erneut angehalten hatte, trauten wir unseren Augen nicht. Was sich dort auftat, war nichts im Vergleich zur anderen Unterkunft. So etwas hatte niemand erwartet.

Sprachlos und mit offenen Mündern standen wir vor der scheinbar billigsten Absteige im Großraum von Paris. In der Hoffnung, dass der äußere Schein trog, schnappten wir unser Gepäck und liefen zur Rezeption. Paarweise eingeteilt bezogen wir Minuten später das uns zugewiesene Zimmer. Dieses Mal gab es keine Überraschung, denn der heruntergekommene Eindruck spiegelte sich in jedem Raum des Gebäudes wider. Innen und außen war alles perfekt aufeinander abgestimmt: klein, alt und dreckig.

Ich war enttäuscht. Wo war mein bequemes, sauberes Bett, auf das ich mich schon den ganzen Tag freute? „Hier schlafe ich nicht", äußerte ich empört.

„Und was jetzt?"

„Keine Ahnung, aber hier bleibe ich nicht. Außerdem ist es schwierig, mit voller Blase nachzudenken", sagte ich und öffnete die Tür zum Badezimmer. „Wow … na, das nenne ich mal Luxus. Nicht, dass ich mich verlaufe."

Nicht damit rechnend, stand Gesine hinter mir und rief: „Zeig mal."

Ich trat beiseite.

„Das ist jetzt nicht wahr, oder?", meinte sie und fing an, unkontrolliert zu kichern.

Das luxuriöse, angrenzende Bad war mit grünen Siebziger-Jahre-Fliesen ausgestattet, was meiner Meinung nach nicht das schlimmste Kriterium darstellte. Dramatischer fand ich, dass das Bad so klein war, dass es rückwärts betreten werden musste, damit man vorwärts wieder herauskam. Der einzige Vorteil, wenn man es wohlwollend so betrachtete, bestand darin, dass man in der Zeit des Toilettenganges ebenfalls duschen konnte.

Bevor wir Rücksprache mit den restlichen Auserwählten über die allgemeine Situation der Unterbringung hielten, tauschten meine Kollegin und ich die nassen Klamotten gegen trockene.

Um dem Reiseleiter mitzuteilen, dass wir mit der Übernachtungsgegebenheit keinesfalls zufrieden waren, lief unser Teil der Gruppe zum anderen Hotel. Wir rechneten damit, dass er über die Beschwerde nicht erfreut sein würde. Einige Minuten des Zuredens vergingen, bis er sich einsichtig zeigte. Es gelang ihm sogar, noch drei freie Zimmer zu organisieren. Diese verteilte er frei nach Schnauze unter den Meuterern. Leider zählten ein älteres Paar sowie Gesine und ich nicht zu den Glücklichen. Daraufhin entschloss sich das Ehepaar dazu, zum heruntergekommenen Hotel zurückzukehren. Wir hingegen fanden die Vorstellung, in dem ekelerregenden Bett zu übernachten, grauenhaft. Daher entschieden wir uns, zu bleiben. Zum Glück erlaubte der Portier, dass wir uns unauffällig in der Lobby aufhielten. Nachdem unsere müden Körper auf den weißen Ledersesseln zur Ruhe gekommen waren, warteten wir darauf, dass die Zeit verging.

Ich war eingeschlafen. Jemand rüttelte an meinem Arm und ich schreckte auf. Ein Blick auf die Armbanduhr verriet, dass es kurz vor sechs Uhr war. Es dauerte eine Weile, bis ich verstand, was der Portier mir auf Französisch mitzuteilen versuchte. Die Nacht war vorbei. *Schade*, bedauerte ich hundemüde. Kurz darauf stellte ich fest, dass mein Rücken schmerzte. Es fühlte sich an wie nach stundenlangem Schleppen von Zementsäcken. Um uns Ärger zu ersparen, hielten wir uns in der nächsten Stunde mit Bewegung wach. Gesine und ich liefen in der Lobby solange auf und ab, bis die anderen der Reisegruppe erschienen.

Da wir seit dem Vortag keinen Bissen mehr zu uns genommen hatten, waren wir hungrig wie ein Bär. Wir freuten uns auf ein anständiges Frühstück – frische Brötchen und eine Tasse heißen Kaffee. Leider stellten wir schnell fest, dass daraus nichts wurde. Denn nur Gäste, die im Zimmer und nicht in der Lobby geschlafen hatten, erhielten eine Essensmarke und konnten damit den Speisesaal betreten. Wir gehörten nicht dazu.

Na toll, maulte ich in mich hinein. *Jetzt hilft nur noch ‚Plan B‘.*

Wir versuchten, einige Mitreisende zu überreden, etwas Essbares aus dem Raum herauszuschmuggeln. Zum

Leidwesen von Gesine und mir scheiterte der Vorschlag an ihrem Unverständnis für unsere Situation. Sie waren der Meinung, dass es in der anderen Unterkunft gewiss einen Frühstücksraum gäbe. Wir bräuchten ja nur hinüberzugehen. Im Prinzip hatten sie recht. Aber keiner der Klugscheißer hatte die Drei-Sterne-Bruchbude gesehen. Daher ... *Nein, danke! Bevor ich dort esse, verhungere ich lieber.*

In dem Moment, wo der Reiseleiter verkündete: „Bis zur Abreise ist noch etwas Zeit, deshalb habe ich eine kleine Stadtrundfahrt zum Eiffelturm eingeplant. Alle Fahrgäste finden sich daher binnen fünfzehn Minuten hier vor dem Eingang ein. Ach ja, vergessen Sie Ihre Taschen nicht", kam Hektik auf.

Mit der Angst im Nacken, von Paris nach Berlin trampen zu müssen, liefen wir wie von der Tarantel gestochen los und holten unser Gepäck aus der billigen Absteige. Wieder am Drei-Sterne-Hotel angekommen, sahen Gesine und ich die Rücklichter des abfahrenden Busses. *Mist.* Das Einzige, was uns nicht vollständig in Panik verfallen ließ, war die Tatsache, dass weitere Fahrgäste aus der Gruppe zu spät kamen. Der glückliche Umstand, dass der Reiseleiter spontan eine kleine Rundfahrt im Programm vorsah, verschaffte uns die Chance, den Bus einzuholen. Einer der Mitreisenden organisierte rasch einen Plan der Untergrundbahn. In der Zeit, wo wir uns gemeinsam mit Händen und Füßen von einem zum anderen Ende der Stadt kämpften, besorgte ich mir vom letzten Geld etwas Proviant. Uns fiel ein Stein vom Herzen, nachdem wir endlich in der Nähe des Eiffelturms den Bus mit dem Rest der Reisegruppe erreicht hatten. *Gott sei Dank.*

Ein paar Minuten später setzte sich der Bus in Bewegung. Kurz darauf bemerkte ein Fahrgast das Fehlen eines Pärchens und bat den Reiseleiter, zu warten.

Dieser antwortete: „Wir haben einen strengen Zeitplan einzuhalten. Ich hatte Ihnen vor Beginn der Reise gesagt: Wer nicht rechtzeitig am vereinbarten Abfahrtsort ist, sieht zu, wie er nach Hause kommt."

„Das ist nicht sein Ernst, oder?", fragten einige ungläubig.

„Das macht er doch nicht", sagten andere.

Der Reiseleiter hielt Wort. Alle Proteste unsererseits stimmen ihn nicht um. Der Bus fuhr geradewegs nach Hause.

Ich weiß nicht mehr, wann wir in Berlin ankamen. Es war genauso dunkel und kühl wie am Tag der Abreise.

Mit letzter Kraft schleppte ich mich zu meiner Wohnung und plumpste aufs Bett. *So habe ich mir Paris nicht vorgestellt. Eines Tages werde ich noch einmal hinfahren und es mir in Ruhe anschauen – ohne Regen, ohne Zeitdruck im Nacken und vor allem mit einer anständigen Unterkunft,* nahm ich mir vor, bevor ich einschlief.

Die Einweihungsparty

„Wo bist du mit deinen Gedanken?", fragte mich mein Mann.

Wir saßen auf dem Sofa und kuschelten uns aneinander.

Ich sah ihn an und antwortete mit einer Gegenfrage: „Weißt du, welcher Tag heute ist?"

„Na klar, es ist unser Kennenlerntag", verkündete er freudestrahlend und gab mir einen Kuss. „Hätte ich früher gewusst, dass das Leben mit dir so herrlich ist, dann hätte ich meine Ex-Frau eher verlassen."

„Aber dann wären wir uns mit großer Wahrscheinlichkeit nie über den Weg gelaufen", entgegnete ich und erinnerte mich an unseren Anfang.

Ich war aus einer Beziehung mit Mister Muttersöhnchen geflüchtet. Schmerzlich wurde mir mal wieder bewusst, dass ich scheinbar immer wieder auf den gleichen egoistischen Männertyp hereinfiel. Mit dreißig Jahren hatte ich keine Lust, einen Katalog an Kompromissen einzugehen, nur um das Gefühl zu haben, geliebt zu werden. Daher fasste ich den Entschluss, der Männerwelt den Rücken zu kehren und Single zu bleiben. Die Sachen waren schnell gepackt. Ich unterschrieb den Mietvertrag für die künftigen vier Wände in einem Einfamilienhaus mit zwei Mietparteien und zog in eine andere Stadt. Die Räume im Erdgeschoss wurden ab sofort mein Zuhause. Sieben Tage später bezog ein alleinstehender Herr die Wohnung unterm Dach.

In den darauffolgenden Wochen war ich damit beschäftigt, mir ein neues Leben aufzubauen. Jede freie Minute nutzte ich dafür, die Zimmer gemütlich einzurichten. Nach einem Monat fand ich es an der Zeit, die neu gewonnene Freiheit zu feiern. Deshalb lud ich die damaligen Arbeitskollegen zu einer Einweihungsparty ein.

Ich war irre nervös. Obwohl ich keine großen Erfahrungen mit Partys hatte, war mein Ziel, sie so perfekt wie möglich hinzubekommen. Damit es klappte, fing ich mit den Vorbereitungen schon vor dem ersten Hahnenschrei an. Ich schleppte Gartenstühle samt Tisch aus dem Schuppen. Nachdem ich alles zu einer länglichen Tafel arrangiert hatte, fuhr ich einkaufen. Innerhalb einer Stunde hatte ich sämtliche Punkte auf der Liste erledigt. Kurz bevor ich zu Hause ankam, traf ich den Mieter, der über mir wohnte.

„Ich erinnere mich, dass ich mir vom Kiosk Zigaretten geholt hatte und im Begriff war, wieder ins Auto einzusteigen", sagte Peter. „Dann kamst du mit dem Fahrrad, hast direkt neben mir gehalten und mich zu deiner Einweihungsparty eingeladen. Ich war total verdattert. So eine gut aussehende, junge Frau lud ausgerechnet mich alten Knacker zu ihrer Party ein."

„Du bist kein alter Knacker", widersprach ich.

„Immerhin bin ich fünfzehn Jahre älter als du", bemerkte er und gab mir einen Kuss.

„Na und, das sieht man dir aber nicht an. Ich erinnere mich, dass du nicht wusstest, ob du kommst."

„Stimmt. Auf der einen Seite war ich geschmeichelt, auf der anderen bin ich nicht der Typ Mensch, der auf einer

Party auftaucht, wo ich niemand kenne. Daher sagte ich zu dir ‚vielleicht‘ und fuhr dann weiter“, meinte er und gestand mit leuchtenden Augen: „Oh Mann … ich hatte Mühe, mich auf den Straßenverkehr zu konzentrieren. So durcheinander war ich.“

Ich kicherte. „Und ich erst. In der Zeit, in der ich heimradelte, wurde mir bewusst, was ich soeben in Gang gesetzt hatte. Wie peinlich, dachte ich, denn normalerweise lud ich keine Fremden ein.“ In diesem Moment fiel mir der Spruch ein, der bei meinen Eltern auf dem Flur hing: ‚Lieber Gott hilf mir mein Maul zu halten, wenigstens so lange, bis ich weiß, was ich rede‘. *Null Ahnung, von wem der ist, aber hier passte er,* ging es mir durch den Kopf.

„Ja, ja, das hätte ich jetzt auch gesagt“, neckte mein Mann.

„Doch, ehrlich. Ich war vollkommen durch den Wind“, versicherte ich ihm und erzählte weiter. „Zur Ablenkung stürzte ich mich mit Eifer in die Vorbereitungen. Nach einiger Zeit merkte ich, dass ich zu viel gekocht hatte. Ich überlegte, ob nicht die Hälfte ausreicht, beließ es aber dabei.“

„Warum?“, fragte Peter.

„Weil meiner Meinung nach alles aufeinander abgestimmt war. Schlagartig war ich dann aber verunsichert. Was, wenn die Gäste mehr trinken, als sie essen? Ich hatte keine Ahnung, ob der kleine Vorrat an alkoholischen Getränken im Schrank ausreichte. Außerdem war da dieses Ziehen im Nacken, das langsam aufwärts schlich und immer stärker wurde, bis es die Augen erreichte. Übelkeit und Lichtempfindlichkeit gesellten sich bald dazu. Am liebsten wäre ich in irgendein Loch gekrochen.“

„Daran erinnere ich mich auch noch. Du sahst elendig aus.“

„Ich hatte keine Wahl. Zum Absagen war es zu spät

und … bei meinem Glück hatte ich nicht mal Medikamente im Haus. Ausgerechnet an so einem Tag kamen die Schmerzen ungelegen."

„Wann sind sie das nicht? Die kommen immer zum falschen Zeitpunkt", bemerkte mein Mann.

Genau. Vor allem, wenn der fiese Migräneanfall drei Tage andauert, überlegte ich und erzählte weiter: „Deshalb hieß es jetzt ‚Zähne zusammenbeißen und durch'. Eine halbe Stunde später klingelte es. Ich erinnere mich, wie ich erst zusammenzuckte und dann schwerfällig in Richtung Tür geschlurft bin. Nach dem Öffnen wurde ich von einer Horde Plappermäuler empfangen."

„Das war nicht zu überhören. Ich überlegte: Was ist jetzt los? Deine Gäste waren so laut, dass ich oben jedes Wort verstand."

„Mir war das so peinlich. Ich hatte ja versucht, die Lautstärke zu dämpfen. Aber ohne Erfolg", sagte ich und entschuldigte mich nicht zum ersten Mal für das Benehmen meiner damaligen Kollegen.

„Das hatte ich auch mitbekommen."

„Kaum hatten wir uns begrüßt, wurde ich wegen des üppigen Buffets ausgelacht. So nach dem Motto: Wer soll das denn alles essen. Ich erinnere mich daran, dass im Verlauf des Abends geplaudert und gelacht, wenig gegessen, dafür aber das Doppelte getrunken wurde. Die meiste Zeit hielt ich mich im Hintergrund. Das Männchen in meinem Kopf hatte sich inzwischen dazu entschlossen, noch stärker gegen die Schädeldecke zu hämmern. Der Versuch, die ganze Zeit zu verbergen, dass ich den Gesprächen nicht aufmerksam zuhörte, war anstrengend. Außerdem war ich damit beschäftigt, mein Gehirn davon abzuhalten, jeden Moment zu platzen. Ich hatte nicht den Eindruck, dass die anderen irgendetwas mitbekamen."

„Das kann ich mir vorstellen."

„Dann wurde ich schlagartig aus meinem Dämmerzustand gerissen. Eine der Kolleginnen hatte die Idee, den Mann von oben zu holen. Mir war das so peinlich. Ich hatte zwar versucht, sie davon abzuhalten, hatte aber keinen Erfolg. Wenn sie sich erst einmal was in den Kopf setzte, zog sie das auf Biegen und Brechen durch."

„Das hatte ich gemerkt. Nachdem es an meiner Tür geklopft und ich aufgemacht hatte, stand da eine fremde Frau. Sie redete im angetrunkenen Zustand wie ein Wasserfall auf mich ein, dass ich mit runter zur Party kommen sollte. Irgendwann willigte ich ein. Aber nur unter der Bedingung, dass ich nicht länger als eine Stunde bleibe."

„Mir war das so peinlich", wiederholte ich. „Das ist alles nur so weit gekommen, weil ich die Klappe nicht gehalten habe. Ausgerechnet denen hatte ich davon erzählt, was am Kiosk passiert war. Nach einer gefühlten Ewigkeit kam sie mit dir am Arm herunter. Sofort merkte ich, wie mein Gesicht heiß wurde. Gott sei Dank war der Raum nicht voll beleuchtet. Ich wünschte mir, dass sich der Fußboden unter mir auftun und ich in einem Loch verschwinden würde. Aber nichts dergleichen geschah."

„Mir erging es genauso", gestand mein Mann.

Ich kuschelte mich dichter an ihn, hob den Kopf und sagte: „Kaum hattest du gesessen, fingen sie an, dich auszufragen. In diesem Zusammenhang erfuhr ich endlich deinen Namen."

„Und ich deinen", erwiderte er und gab mir einen langen Kuss.

Seine Barthaare kitzelten mich so in der Nase, dass ich nieste.

Wir lachten.

„Ich erinnere mich …", fuhr ich fort, „... dass ich in der Zeit, als du eine Frage nach der anderen geduldig beantwortet hast, die Gelegenheit nutzte, um dich aus dem Augenwinkel zu beobachten."

„Echt? Das hatte ich gar nicht mitbekommen", gestand Peter.

Mit einem breiten Grinsen nickte ich. Nach einigen Minuten fügte ich hinzu: „Im Laufe des Abends fragtest du mich sogar, ob es mir gut ginge."

„Du sahst auf deinem Stuhl aus wie ein Häufchen Elend. Aber keinen der Gäste schien es zu interessieren."

„Über die Aufmerksamkeit deinerseits war ich so verdutzt, dass ich dir von der schrecklichen Migräne erzählte, und dass ich nicht eine einzige Tablette mehr im Haus hatte."

„Stimmt, und ich bot dir an, welche zu besorgen. Aber du hast abgelehnt."

„Das war echt lieb von dir", sagte ich und gestand: „Es war mir damals unangenehm, Hilfe von einem Fremden anzunehmen. Ich schaffte es ja nicht einmal bei Bekannten. Immer war der Druck da, alles allein schaffen zu müssen. Außerdem war es für mich unvorstellbar, dass du an einem Samstagabend an Tabletten herankamst, die stark genug waren, um den Wahnsinn in meinem Kopf beenden. Zum Glück sind die Gäste kurz nach Mitternacht abgehauen."

„Zuerst haben wir gemeinsam aufgeräumt und dann habe ich dir angeboten, den Abwasch zu erledigen. Aber das hast du ebenfalls abgelehnt. Deshalb bedankte ich mich für den schönen Abend, wünschte dir gute Besserung und lief hinauf in meine Wohnung."

„Stimmt. Das war so süß von dir. Und wäre da nicht die olle Migräne gewesen, dann hätte ich dein Angebot gewiss angenommen. Aber ich war fix und fertig und sehnte mich nur noch nach meinem Bett."

Wenn ich so an diese Zeit zurückdenke, wird mir ganz warm ums Herz, ging es mir durch den Kopf. *Ich bin kein religiöser Mensch, trotzdem werde ich das Gefühl nicht los, dass ein kleiner Engel dafür gesorgt hat, dass wir uns über den Weg laufen beziehungsweise ins gleiche Haus einzogen. Und ich bin mir sicher, dass Peter das genauso empfindet.*

„Hast du Lust, mit mir ein Gläschen Wein zu trinken?", fragte er.

„Ja, gerne, aber nur ein kleines. Du weißt doch, ich vertrage keinen Alkohol."

In der Zeit, in der mein Mann die Flasche öffnete, holte ich die Gläser aus dem Schrank. Beim Blick aus dem Wohnzimmerfenster sah ich eine lange Kolonne hupender Autos vorbeifahren. *Wieder zwei, die sich getraut haben*, freute ich mich. *Wenn sie nur halb so glücklich sind wie Peter und ich, gibt es nichts, womit sie nicht fertig werden.*

Ja, ich will

„Guten Morgen, mein Schatz, und herzlichen Glückwunsch zum Hochzeitstag", flötete ich vergnügt und aufgeregt.

Langsam öffnete Peter die Augen, reckte und streckte sich. „Guten Morgen", sagte er. Sein Mund verzog sich dabei zu einem verschmitzten Lächeln. Kurz darauf hob mein Mann die Bettdecke ein Stückchen an.

Ich schlüpfte hinein und kuschelte mich mit dem Rücken dicht an seinen warmen Körper. *Mm ...*

Er schlang die Arme um mich und flüsterte mir in mein Ohr: „Ich wünsche dir auch einen wunderschönen Hochzeitstag."

Durch das Fenster sah ich dicke graue Wolken am Oktoberhimmel aufziehen. Der Tag, an dem wir geheiratet hatten, tauchte vor meinem inneren Auge auf.

Es war zwar strahlender Sonnenschein, aber nur knapp zehn Grad Celsius. Deshalb fror ich in meinem Brautkleid wie Espenlaub.

Nach einer schlaflosen Nacht und einem spartanischen Frühstück folgte Punkt eins auf der Tagesordnung – der Friseurtermin. Ich hoffte, er würde mich dem Traum, die schönste Braut der Welt zu sein, ein Stückchen näherbringen. Aus diesem Grund stand ich pünktlich vor dem Salon. Entsetzt stellte ich fest, dass er geschlossen war. *Was, wenn der Friseur nicht kommt? So werde ich auf gar keinen Fall heiraten. Wo bleibt der nur,* dachte ich und lief nervlich durch die Hölle. Dreißig Minuten später erschien er endlich. Da seine Entschuldigung, verschlafen zu haben, weder meinen Unmut noch die stärker werdende Nervosität linderte, bat ich ihn, sich zu beeilen. Er gab sein Bestes. Nach einer Stunde hatte er aus meinen dünnen, feinen Haaren eine mit Perlen verzierte Hochsteckfrisur gezaubert. Wie er das hinbekommen hat, ist mir bis heute ein Rätsel. Ich war begeistert und rief Peter an, dass er mich abholen kann. Mir war egal, dass ich in dem Moment komisch aussah, oben hui und, durch die Trainingshose, unten pfui. Meine Gedanken waren nur mit der bevorstehenden Trauung beschäftigt.

Es dauerte nicht lange, bis ein Auto neben mir hielt. Peter stieg aus und meinte: „Wow, du siehst umwerfend aus." Er gab mir einen Kuss und fügte hinzu: „Steig schnell ein, wir sind spät dran."

Ich hasse es, mich abzuhetzen, ging es mir durch den Kopf. *Zum Glück habe ich vorhin die Klamotten bereitgelegt.* Nervös rutschte ich auf dem Sitz hin und her.

Der Motor war kaum ausgeschaltet, da riss ich auch schon die Autotür auf und flitzte ins Haus. Im Vorbeifliegen begrüßte ich meine Eltern, die, wie gewohnt viel zu früh, bei uns eingetroffen waren. „Ihr seid spät dran", hörte ich meine Mutter sagen, bevor ich mich an der Hüfte stieß. *Aua! Muss die Tür so schmal sein?*

Im nächsten Augenblick stand sie hinter mir und meinte: „Komm, ich helfe dir beim Umziehen."

Ich hasse es, wenn meine Eltern zu früh zu einem vereinbarten Termin erscheinen. Aber an diesem Tag war ich froh, dass meine Mutter mich unterstützte. Ich lief ins Schlafzimmer. Mit zittrigen Händen zog ich mir die Schlabberklamotten aus und warf sie in die Ecke.

„Was macht dein Zahn?", erkundigte sie sich.

„Ich bin mit Drogen vollgepumpt. Sonst würde ich es vor Schmerzen nicht aushalten", gab ich splitterfasernackt auf dem Bett sitzend zu. „Reichst du mir bitte die Strumpfhose herüber? Danke."

Meine Mutter sah mich irritiert an. „Ziehst du keine Unterwäsche an?"

Ich schaute an mir herunter und dachte, *ups*. Einen Moment später merkte ich, wie mir die Röte in die Wangen stieg. Schnell berichtete ich weiter von meinem Zahnproblem. „Gestern war ich wieder beim Arzt. Er hat mir eine Schmerzspritze verpasst und zusätzlich so einen ekelhaft schmeckenden Faden in die Wunde gestopft." Bei diesen Worten verzog ich das Gesicht. Vorsichtig steckte ich jetzt das eine und dann das andere Bein von oben in das Brautkleid. „Er meinte, dass es reichen sollte. Aber zur Sicherheit hat er mir eine volle Schachtel Tabletten in die Hand gedrückt."

Zwei Wochen zuvor wurde bei mir ein Zahn gezogen. Zu meinem Leidwesen hatte sich die Wundstelle eine nette Entzündung zugelegt. Seither versuchte der Zahnarzt alles, um mir zu helfen. Einmal gestand er, dass er Schweißausbrüche bekam, wenn er meinen Namen im Terminkalender las. Das lag daran, dass ich ein großer Schisser bin. Immer wenn ich mich auf den Zahnarztstuhl setze, fängt er synchron mit meinem Körper an zu wackeln. Angsthase hin oder her, für eine Angstpatientin war die Information, dass ich in den Augen des Arztes eine Horrorpatientin war, nicht gerade aufbauend. Diese Angst vor Zahnärzten war keine Einbildung, sondern hatte ihren Ursprung in der Kindheit.

Der damalige Kinderzahnarzt hatte das Taktgefühl eines Presslufthammers. Dem Versprechen, er würde sofort aufhören, wenn ich bei Schmerzen den Zeigefinger hob, war dieser Schlächter nie nachgekommen. Im Gegenteil. Sobald der Finger in die Höhe schnellte, hatte er ihn ignoriert. Das hatte zur Folge, dass ich mein Leiden stimmlich zum Ausdruck brachte. Der Kinderzahnarzt machte mich daraufhin mit Worten, die in einer enormen Lautstärke auf meine zarte Seele einprasselten, förmlich zur Sau. Es kam die Zeit, wo ich es nicht mehr aushielt. Ich schlug dem Schlächter sein Mordinstrument aus der Hand. Er reagierte erst mit einem Rausschmiss und dann mit einem Hausverbot.

Bei dieser Erinnerung huschte mir kurz ein Lächeln über die Lippen. Alle folgenden Versuche, ob mit Zureden, Bestechung oder unter Androhung von Strafen, hatten mich nicht dazu bewegt, in den nächsten Jahren auf einem Behandlungsstuhl den Mund zu öffnen. Lieber ertrug ich tapfer die Zahnschmerzen. Ich hatte zwar inzwischen gelernt, einem Zahnarzt zu vertrauen, trotzdem kostete es eine enorme Überwindung, die vereinbarten Termine einzuhalten.

„Schließt du mir bitte das Kleid hinten?", fragte ich. Meine Aufregung stieg mit jeder Minute, die verstrich. Schwungvoll drehte ich mich auf dem Absatz um und meinte: „Für alle Fälle packe ich gleich die Tabletten ein. Schließlich wissen wir ja nicht, wie lange die Feier heute dauert. Ich gehe mich schnell schminken und dann könnten wir losfahren." Ohne eine Antwort abzuwarten, schlüpfte ich in meine Brautschuhe, die eine Nummer zu groß waren, und schlurfte hinüber ins Bad.

Für ein Paar helle Schuhe hatten wir in den letzten Wochen jedes Schuhgeschäft in der Stadt und Umgebung abgesucht. Immer wieder hörten wir dasselbe: „Es tut uns leid, aber zu dieser Jahreszeit haben wir nur noch schwarze Pumps." *Schwarze Pumps zum Brautkleid!? Dann kann ich ja gleich Gummistiefel anziehen*, jammerte ich.

Erst im letzten Geschäft fand die Verkäuferin in der hintersten Ecke ein Paar beigefarbene Schuhe. *Ausgezeichnet.* Die Farbe und der Preis stimmten. Es gab nur einen Haken – sie waren eine Nummer zu groß. *Egal, andere gibt es nicht, also nehmen wir sie mit. Wird schon schiefgehen. Außerdem muss ich ja nicht damit tanzen.*

„Was ist los? Ich denk, du bist fertig", hörte ich Peter fragen. Er stand neben mir und schaute verständnislos auf die Rasierklinge in meiner linken Hand.

Das Oberteil des Kleides halb heruntergezogen und einen Arm in die Luft gestreckt, rechtfertigte ich mich: „Ich hatte das Gefühl, dass ich nach Schweiß rieche … und ich wollte mir ein wenig Deo aufsprühen … und dann habe ich da … die Wälder unter den Armen gesehen." Aufgebracht zeigte ich ihm die jetzt glattrasierten Achselhöhlen. „Das sah total schrecklich aus."

„Du riechst nicht nach Schweiß", bestätigte Peter. Nur mit Mühe verkniff er sich ein Grinsen. „Komm!" Er half mir in meine Robe und schob mich Nervenbündel sanft, aber bestimmt zur Tür hinaus.

Eine Viertelstunde später hielt unser Auto vor dem Standesamt.

Ich war es nicht gewohnt, mit einem Kleid unterwegs zu

sein, das eng geschnitten war und bis zu den Fußknöcheln reichte. Die zu großen Pumps auf dem Kopfsteinpflaster waren ebenfalls nicht hilfreich dabei, so elegant zu wirken, wie ich in dieser Robe aussah. Ich hoffte inständig, nicht wie Cinderella einen meiner Schuhe zu verlieren. Mit langsamen Schritten und breitem Lächeln kämpfte ich mich in Richtung der Tür des Standesamtes.

Das Trauzimmer war zwar nicht groß, aber gemütlich eingerichtet. Hand in Hand schritten wir an zwei Stuhlreihen vorbei, die je links und rechts aufgestellt worden waren. Bei den Stühlen, die für das Brautpaar vorgesehen waren, blieben wir stehen.

Augenblicklich fing mein Körper an zu zittern.

„Bist du auch so aufgeregt wie ich?", erkundigte sich Peter. Seine jeansblauen Augen strahlten mich verliebt an.

„Ja", stieß ich nervös hervor und versuchte dabei krampfhaft, den bebenden Körper unter Kontrolle zu bekommen. Ohne Erfolg. Ich kam mir wie ein Duracell-Hase auf Ecstasy vor.

In der Zeit, in der die Familienmitglieder geräuschvoll hinter uns ihre Plätze einnahmen, betrat ein kleinwüchsiger Mann das Zimmer. Sofort herrschte absolute Ruhe, und die feierliche Zeremonie nahm ihren Lauf. Gespannt lauschten wir der Rede des Standesbeamten, der am riesigen Schreibtisch etwas verloren aussah. Aber die Worte und die Art und Weise, wie beschwingt sie über seine Lippen kamen, ließen alle im Raum schnell die Welt um sich herum vergessen.

Hin und wieder ein Schniefen und ein Schnaufen, leises Getuschel oder Raunen und Blitzlichter aus drei verschiedenen Richtungen erinnerten uns daran, nicht zu träumen. Wir heirateten. Hier und heute. Ein großer Wunsch erfüllte sich für uns. Einfach traumhaft – bis auf die Zahnschmerzen, die sich wie immer zum falschesten Zeitpunkt meldeten.

„Bitte erheben Sie sich", forderte uns der Standesbeamte auf. „Wir kommen jetzt zum offiziellen Teil. Und so frage ich Sie …" Der kleinwüchsige Mann schaute mich aufmunternd an, „… sind Sie aus freien Stücken erschienen, um den hier anwesenden Peter Buchholz zu heiraten, zu lieben und zu ehren, bis dass der Tod euch scheidet, so antworten Sie bitte mit ‚Ja‘."

Das Herz schlug mir bis zum Hals. Ich drehte mich zur

Seite und schaute meinem zukünftigen Mann fest in die Augen. Für einen Moment verschwand die Welt um mich herum. Ich sah nur die Person, die ich über alles liebte und mit der ich bis ans Ende meines Lebens zusammen sein wollte. Mit feierlicher Stimme lautete daher die Antwort: „Ja, ich will."

Nachdem der Standesbeamte von Peter dieselbe Antwort gehört hatte, sagte er: „Kraft meines Amtes erkläre ich Sie hiermit zu Mann und Frau. Sie dürfen die Braut jetzt küssen."

Das brauchte uns keiner zweimal zu sagen.

Wie ein Feuerwerk prasselten Blitzlichtgewitter auf uns ein. Die ersten Gratulanten warteten brav auf ihre Chance, zu bekunden, wie froh sie doch waren, dass ihr Schützling endlich unter der Haube war.

Nachdem wir sämtliche Formalitäten erledigt hatten, empfing uns draußen die goldene Mittagssonne in den schönsten Oktoberfarben. Ein laues, aber frisches Lüftchen ließ bunte Blätter auf und nieder tanzen.

Für diejenigen, die nicht zum anschließenden Mittagessen eingeplant waren, gab es am Auto einen kleinen Sektempfang.

Ich nutzte heimlich die Gelegenheit, um meine immer stärker werdenden Zahnschmerzen erneut mit Tabletten zu bekämpfen.

Mit einer halben Stunde Verspätung erreichten wir dann das ausgesuchte Lokal. Obwohl ich von den Speisen und Getränken kaum etwas zu mir nahm, genoss ich die Feier, so gut es unter diesen Umständen ging. Am späten Nachmittag löste sich die Gesellschaft auf und wir fuhren nach Hause.

„Wo bist du mit deinen Gedanken?", fragte Peter und holte mich in die Realität zurück.

Ich drehte meinen Kopf so, dass ich ihn ansah, und antwortete: „Ich habe an unsere Hochzeit gedacht und daran, was für ein Glück wir mit dem Wetter hatten."

„Ja, das Wetter war traumhaft. Aber du hast mir so leidgetan mit deinen Schmerzen."

„Ja, die Zahnschmerzen", sagte ich wehmütig.

„Wenn es gegangen wäre, dann hätte ich sie dir abgenommen."

„Ich weiß, aber soll ich dir etwas verraten?"

„Ja."

„Ich würde dich jederzeit wieder heiraten. Denn keine Schmerzen der Welt werden je die Liebe zu dir schmälern", sagte ich und kuschelte mich dichter an seinen Körper.

„Soll ich dir auch etwas verraten?"

Ich nickte.

„Ich war noch nie so glücklich wie mit dir."

Urlaub am Rhein

Das Telefon klingelte. Nachdem ich den Hörer abgenommen hatte, meldete sich Werner, der Sandkastenfreund meines Mannes. „Ist Peter da?"

„Ja."

„Ich habe in der Zeitung gelesen, dass dieses Jahr wieder ein Konzert auf der Loreley stattfindet. Einige Gruppen, die dort spielen, sind sehr gut."

„Warte", unterbrach ich seinen Redeschwall. „Ich reiche dich mal weiter, dann kannst du das mit Peter besprechen."

Seit ich meinen Mann kenne, schwärmt er davon, wie wundervoll es am Rhein ist und wie gerne er dort Urlaub machen würde. Nachdem ihm Werner voriges Jahr von der „Night of the Prog" erzählt hatte, ist sein Wunsch in Erfüllung gegangen. Die beiden Männer und Werners Frau Christa haben annähernd denselben Musikgeschmack. So kommt es hin und wieder vor, dass sie sich verabreden, um zusammen ein Konzert zu besuchen. Eine dieser Veranstaltungen fand auf der Loreley statt. Kurzerhand entschieden wir uns dazu, gemeinsam dort hinzufahren.

Es war ein heißer Sommertag. Im Gegensatz zu Peter und mir hatten unsere Bekannten am Montag nicht frei. Das war zwar schade, aber nicht zu ändern. Da wir uns schon einmal in der Gegend aufhalten würden, nutzten mein Mann und ich die Chance für einen einwöchigen Rheinurlaub. Trotz der Klimaanlage und der ausreichend eingelegten Pausen war die Fahrt wegen der Hitze und der vielen Baustellen anstrengend. An unseren Körpern klebte ein Gemisch aus Schweiß und Staub. Die Sehnsucht, endlich anzukommen, war groß.

Im Laufe des Spätnachmittags erreichten wir das Ziel – ein kleiner Ort namens Kaub. Von hier aus planten wir, die Gegend zu erkunden. Auf einer steilen Straße parkten Werner und mein Mann die Autos. Ein paar Minuten später bezogen wir die im Vorfeld gebuchten beiden Ferienwohnungen. Zu unserer Freude lagen sie direkt nebeneinander.

Über die gemeinsame Holzterrasse gelangten wir in das Innere des Hauses. An den Wohn- und Küchenbereich schloss sich ein kurzer Flur an. Hier stand ein Schlafsofa. Während eine offene Tür rechter Hand den Blick in ein modernes Duschbad freigab, erwartete mich am Ende der Diele der Schock. Nur durch einen Vorhang getrennt, war ein Schlafraum. Der einzige Schlafraum! Zugegeben, er war sehr schön. Mit der Steinmauer am Kopfende des metallenen Bettgestells, der niedrigen Deckenhöhe und den winzigen Fenstern erinnerte er ein bisschen an ein Burgzimmer. Alles war klein, sauber und modern aufeinander abgestimmt. Dazu kam, dass sich durch die gesamte Wohnung Fachwerkbalken zogen, die für Gemütlichkeit sorgten. Wir fühlten uns auf Anhieb pudelwohl. Nur eines zermarterte mir den Kopf – der Schlafbereich.

Das hat einen Grund. Ich gehöre zu den Menschen, die nicht gut einschlafen. Bei jedem Geräusch wache ich wieder auf, knirsche zwischendurch mit den Zähnen oder schmeiße mich im Bett hin und her. Peter hingegen hat eine andere Taktik, sich die Nächte um die Ohren zu schlagen. Er hat sich darauf spezialisiert, halbe Wälder abzusägen. Um uns nicht gegenseitig zu stören, schlafen wir zu Hause in getrennten Zimmern. Die räumliche Trennung hat den Vorteil, dass wir erholter in den Tag starten. Deshalb berücksichtigen wir bei Buchungen, dass jeder seinen eigenen Schlafbereich bekommt.

Leider scheint dieses Mal etwas schiefgelaufen zu sein. *Hinter dem Vorhang werde ich jedes noch so leise Geräusch hören und dadurch keinen ausreichenden Schlaf bekommen. Mist! Ich war mir so sicher, dass auf dem Anzeigenfoto die Zimmer durch eine Tür getrennt waren. Zum Glück bleiben wir nur eine Woche*, versuchte ich mich zu trösten.

Nach der langen Fahrt war es wohltuend, sich zu erfrischen, dann vertraten wir uns die Beine. Wir vier brachen kurzerhand zu einem Spaziergang auf, um den Ort zu besichtigen. Wir schlenderten durch enge Gassen mit Fachwerkhäusern, sahen winzige geöffnete und schon vor geraumer Zeit geschlossene Geschäfte. An einigen Gebäuden entdeckten wir Markierungen für Hochwasserstände. Sie waren teilweise sehr beeindruckend! Auf einem kleinen Platz blieben wir verwundert stehen. Hier stand eine Holzbank. Auf der Rücklehne hatte jemand die Worte ,Hiehoggediedodiedoimmerhogge' verewigt.

Durch die Hitze, die mir aufs Gehirn drückte, dauerte es einige Zeit, bis ich den Spruch verstand. *Na klar,* ich schlug mir mit der flachen Hand an die Stirn. *Dort stand: ,Hier hocken die da, die da immer hocken'.* Weil sich jetzt mein Magen mit einem lauten Knurren meldete, fragte ich: „Habt ihr auch Hunger?"

„Da vorne ist ein italienisches Restaurant. Was haltet ihr davon, wenn wir da was essen?", schlug Werner vor.

Alle waren einverstanden. Wir suchten uns ein gemütliches Plätzchen und ließen den Abend ausklingen.

Die anschließende Nacht verlief wie befürchtet. In der Zeit, in der Peter einen Baum nach dem anderen abholzte, bekam ich kein Auge zu. Mir war bewusst, dass er nicht für mein Schlafproblem verantwortlich war. Unter normalen Umständen tat ich auch keiner Fliege etwas zuleide, aber in solchen Momenten war die Bereitschaft, einen Mord zu begehen, gewaltig. Sein Glück, dass ich mich beherrschte. Jetzt hieß es nur noch den Rest der Woche überstehen.

Am darauffolgenden Morgen begaben wir vier uns auf den Weg nach Koblenz. In der Zeit, wo sich die anderen die Bundesgartenschau und das Dreiländereck mit Freuden ansahen, trottete ich ihnen lustlos hinterher. Ich versuchte, mir die Müdigkeit nicht anmerken zu lassen, was aber nur mäßig gelang. Zu meiner Erleichterung fuhren wir am späten Nachmittag zurück zu unseren Ferienwohnungen. Nach einer kleinen Verschnaufpause brachen die anderen drei zum Konzert auf. Ich blieb alleine. *Welch himmlische Ruhe*, freute ich mich. *Jetzt ein paar Stunden schlafen, das wäre schön.* Aber es war unerträglich warm. Daher schnappte ich mir das mitgebrachte Buch und machte es mir bequem.

Die Dämmerung war schon recht fortgeschritten, als mein Mann, Werner und Christa vom Konzert zurückkamen. Wir setzten uns bei Kerzenschein auf die Terrasse und tranken ein Gläschen Wein. Ich lauschte den euphorischen Erzählungen und sah die strahlenden Augen von Peter. Mein Mund verzog sich zu einem Lächeln, denn ich freute mich für ihn. Dieses verschwand jedoch, als es eine Stunde später hieß, jetzt aber ab ins Bett.

Am nächsten Morgen nahmen wir Abschied. Ein letztes Mal frühstückten wir gemeinsam auf der Terrasse, bevor unsere Bekannten abreisten.

Ich dachte: *Endlich alleine. Am liebsten würde ich mich noch einmal unter die Bettdecke kuscheln*, dabei winkte ich Werner und Christa hinterher. *Aber dafür sind wir nicht hierhergefahren, sondern, um uns die Gegend anzuschauen. Solange ich in Bewegung bin, sollte es mir gelingen, wach zu bleiben. Na, dann los.*

Bei hellblauem Himmel, strahlendem Sonnenschein und dreißig Grad im Schatten hatten wir keine Lust, den ganzen Tag in der Ferienwohnung zu verbringen.

„Auf dem Wasser ist es garantiert kühler. Lass uns eine Runde mit dem Dampfer fahren", schlug Peter vor.

Ich schluckte. Das Einzige, was mir zum Thema Dampferfahrt einfiel, waren Möwen und ihre Hinterlassenschaften. Und grundsätzlich landete der Mist auf meinem Kopf. Ich war müde und deshalb außerstande, mir für dieses Problem eine Alternative zu überlegen.

„Keine Angst", sagte Peter, der meine Gedanken zu lesen schien. „Wie versprochen, halte ich meine Hände schützend über dich."

Ich war einverstanden. Wir liefen hinunter zum Rhein und kauften am Bootsanleger Karten für die nächste Rundfahrt. Eine halbe Stunde später genossen wir mit anderen Touristen verschiedener Nationalitäten nicht nur den angenehmen Fahrtwind, sondern auch eine atemberaubende Landschaft mit unzähligen Weinbergen, Burgen und Schlössern.

Im Hintergrund ertönte neben den Angaben der Haltestellen gedämpfte Musik aus den Boxen. Nach einer Weile näherte sich die Fähre einem großen Felsvorsprung. Daraufhin verstummten die Lautsprecher. Eine freundliche Frauenstimme erklärte uns: „Es handelt sich hierbei um den sagenumwobenen Felsen, auf dem einst die Loreley saß. Die Männer in ihren vorbeifahrenden Booten lauschten dem Gesang, waren abgelenkt und verloren die Kontrolle. Ein Kahn nach dem anderen zerschellte daraufhin an den Felsklippen und die gesamte Besatzung ertranken jämmerlich."

Zum Schluss erklang ein Lied, welches ich seit der Schulzeit nicht mehr gehört hatte. Es war ‚Ich weiß nicht, was soll es bedeuten' von Heinrich Heine. *Och nö*, jammerte ich, *das konnte ich damals schon nicht leiden*. Obwohl der Operettensänger nur die erste Strophe zum Besten gab, gesellte sich zur Auffrischung meiner Kindheitserinnerung ein weiteres Problem. Ich hatte jetzt einen Ohrwurm, den ich den Rest des Tages nicht mehr loswurde. *Na, klasse!*

Unmittelbar nach der Loreley kam das Örtchen Sankt Goarshausen. Hier verließen wir das Schiff. Zuerst zeigte mir mein Mann, wo am Vorabend das Konzert stattgefunden hatte. Im Anschluss bummelten wir die Straße entlang. Wir suchten eine Gaststätte, die statt der normalen Gerichte auch etwas für Vegetarier anbot. Letztendlich blieben wir vor einem Lokal stehen und mussten lachen. Gleich neben dem Eingang standen vier Trinknäpfe für Hunde, was an heißen Tagen nichts Außergewöhnliches war. Aber oberhalb der Gefäße waren kleine Tafeln mit der Aufschrift: ‚Hausschoppen', ‚Weißwein', ‚Rotwein' und ‚Schnaps, das war sein Letzter' befestigt.

Hier kehrten wir ein.

Nach dem Essen liefen wir zurück zum Bootsanleger. Das nächste Schiff in Richtung Kaub kam erst in einer halben Stunde.

Die Hitze war inzwischen unerträglich.

Um die Zeit totzuschlagen, setzten wir uns im Schatten auf eine Bank. Die war leider so hart, dass wir uns dazu entschlossen, die Promenade rauf und runter zu schlendern. Hin und wieder kamen Leute vorbei, die genau wie wir unter den Temperaturen litten. Doch dann meinte Peter, jemanden erkannt zu haben. Es war der Gitarristen der Band IQ. Mein Mann traute sich aber nicht, ihn anzusprechen.

In der Zeit, in der Peter dem vermeintlichen Gitarristen hinterherschaute, beobachtete ich einen Vogel, der im Wasser zwischen dem Treibholz badete. Erst maß ich dem keinerlei Bedeutung bei. Nach einer Weile saß er aber immer noch an derselben Stelle und wippte mit den Wellen auf und ab. Ich fing an, mich zu wundern. *Komisch, ich habe bisher kein Tier gesehen, das so lange an ein und demselben Ort saß*, überlegte ich.

„Wo guckst du die ganze Zeit hin?", erkundigte sich Peter.

Ich zeigte in die entsprechende Richtung und erzählte ihm von meiner Beobachtung. „Was ist, wenn er verletzt ist?", meinte ich besorgt. „Dann kann er nicht wegfliegen."

Peter schaute mich mit großen Augen an und fragte: „Welcher Vogel?"

„Na, der zwischen dem Holz dort vorne", entgegnete ich mit einer Selbstverständlichkeit und verstand nicht, dass er das arme Viech nicht sah.

„Da ist kein Vogel", antwortete mein Mann und fing an zu lachen.

Jetzt sah ich ihn irritiert an. „Was gibt es denn zu lachen? Natürlich sitzt da einer. Ich sehe ihn doch. Ich sehe nur nicht, warum er nicht wegfliegen kann."

„Das, was du für einen Vogel hältst, ist eine rostige Coladose ... und soweit ich weiß, kann die nicht fliegen", versicherte er mir.

Im nächsten Moment merkte ich, wie mein Gesicht puterrot anlief. *Ups, vielleicht wäre es ratsam, mal einen Augenarzt aufzusuchen*, ermahnte ich mich ironisch. Zu diesem Zeitpunkt hatte ich keine Ahnung, dass meine Sehfähigkeit nur noch vierzig Prozent betrug. Es war eine Nebenerscheinung der Augenkrankheit ‚Grauer Star‘, die nach meiner damaligen Annahme nur alte Menschen hatten.

Auf der Rückfahrt kamen wir erneut in den Genuss, uns das Lied von der Loreley anzuhören. Dem Ohrwurm gefiel es. Er nutzte die Chance, um sich tiefer in mein Gehirn zu fressen.

„Sieh es positiv“, witzelte Peter, nachdem wir ein paar Stationen weiter das Schiff verlassen hatten. „Dieses Mal hat dir wenigstens keine Möwe auf den Kopf geschissen.“

Wo er recht hat, hat er recht, pflichtete ich ihm bei. *Dafür habe ich etwas gesehen, was nicht da war, und das macht mir jetzt doch Sorgen.* Ich nahm seine Hand und wir schlenderten zu unserer Unterkunft.

An den folgenden Tagen war es noch heißer. Aus diesem Grund unternahmen wir nur Ausflüge in der Umgebung oder spazierten durch den Wald. Wenn sich die Luft am Abend etwas abkühlte, liefen wir hinunter in den Ort und gönnten uns zum Abschluss ein Gläschen Wein aus der Region. So verging die Urlaubswoche wie im Flug und der Abreisetag rückte immer näher. Alleine wegen der Landschaft wäre ich gerne eine Weile geblieben. Aber zum Rundum-Wohlfühlen gehörte ausreichender Schlaf. Deshalb freute ich mich auf mein Bett, in den eigenen vier Wänden.

„Von den Gruppen kenne ich nicht eine“, sagte Peter in den Telefonhörer und riss mich so aus meinen Erinnerungen. Im Nachhinein war nur: „Hm … ja … ja … nein …

ja, schade. Vielleicht ein anderes Mal. Hm … ja … hm … hm … ja, danke. Ich grüße schon mal zurück. Bis dann", zu hören.

Erwartungsvoll schaute ich ihn an. „Wann und wohin fahrt ihr zum nächsten Konzert?"

„Gar nicht", antwortete Peter.

„Warum nicht?"

„Ich habe keine Lust, mir die Musik einer Band anzuhören, mit der ich in meiner Jugend schon nichts anfangen konnte."

Okay, dann unternehmen wir eben was anderes. Ich bin mir sicher, da wird uns gewiss etwas Passendes einfallen.

Familie Internet

Zweimal war das Frühstückstreffen schon verschoben worden. Jetzt einigten wir uns endlich auf einen Tag. Ich freute mich und genoss den Vormittag mit meiner Freundin.

„Und, wie war euer Urlaub?", erkundigte sich Daniela, nachdem sie mir ausführlich von ihrem Campingabenteuer erzählt hatte.

Ich strahlte übers ganze Gesicht und antwortete: „Perfekt." *Zumindest fast.*

„Wo wart ihr?"

„Zuerst eine Woche in Rothenburg ob der Tauber und im Anschluss eine in Eisenach."

„Da war ich noch nie."

„Ich auch nicht", gestand ich. „In den letzten Jahren hieß unser Urlaubsziel stets Bad Meingarten. Dieses Mal wollten wir aber weiter weg und haben uns für zwei Orte entschieden."

„Stimmt, das ist anders. Wir sind immer an ein und demselben Ort an der Nordsee."

Wenn's euch Spaß macht. Mir wäre das zu langweilig, war ich mir sicher und erzählte weiter. „Zuerst zu Rothenburg ob der Tauber. Peter hatte vorab zwei Einzelzimmer in einer kleinen Pension gebucht. Ich war so was von aufgeregt. Die Fahrt war lang, aber mit ein paar Pausen zwischendurch auszuhalten.

Am frühen Nachmittag kamen wir endlich an. Kaum hatten wir die fast menschenleere Gaststube der Unterkunft betreten, stürmte ein älterer Mann auf uns zu. Bevor wir auch nur einen Ton herausbrachten, begrüßte er uns mit: ‚Einen wunderschönen guten Tag wünsche ich Ihnen. Ich bin der Franzl.'„ Bei dem Wort Franzl versuchte ich, genauso das ‚R' zu rollen, wie es der Gastwirt getan hatte. „Und Sie sind sicher die Eheleute', er überlegte kurz und sagte dann ‚Internet'." Ich sah Daniela an und wartete auf ihre Reaktion.

Diese kam prompt. Von einer Sekunde auf die andere prustete sie los. „Wie hat er zu euch gesagt? Familie Internet? Der ist ja witzig."

„Uns war es genauso ergangen", meinte ich und fiel in ihr Gelächter mit ein. Nachdem wir uns wieder beruhigt hatten, fuhr ich fort. „Wir waren von der langen Fahrt erschöpft. Trotzdem fanden wir es lustig, Familie Internet genannt zu werden. Aus diesem Grund widersprachen wir nicht. Er erkundigte sich, ob es Schwierigkeiten unterwegs gab. Peter verneinte die Frage und erzählte ihm, dass er vor Jahren schon einmal in Rothenburg ob der Tauber gewesen war." Vor meinem geistigen Auge tauchte das begeisterte Lächeln des Gastwirtes auf. „Nachdem Franzl die Schlüssel besorgt hatte, zeigte er uns die Zimmer. Wir dankten ihm und holten das Gepäck aus dem Auto."

„Wie war die Unterkunft?", erkundigte sich Daniela.

„Ohne Schnickschnack, aber trotzdem gemütlich", sagte ich und fügte mit erhobenem Zeigefinger hinzu: „… und picobello sauber."

„Stimmt, das ist leider keine Selbstverständlichkeit. Deshalb machen wir immer in unserem Campingwagen Urlaub. Dort bin ich alleine für die Sauberkeit verantwortlich. Erzähl weiter", forderte sie mich auf.

„Nach ein paar Minuten klopfte Peter an meine Tür und lud mich auf eine Tasse Kaffee ein."

„Gab es kein Problem, weil ihr zwei Einzelzimmer hattet?"

Ich vergaß es immer wieder. Die meisten Pärchen schliefen nur dann in getrennten Zimmern, nachdem sie sich auseinandergelebt hatten. Wir gehörten nicht dazu. „Nein. Warum? Das geht doch niemanden etwas an."

Daniela stimmte mir zu.

„Die schlaflose Woche vor ein paar Jahren in Kaub hatte mir gereicht. Ich wollte es nicht und dennoch wurde ich von Tag zu Tag immer ungnädiger. Die Gefahr, sich wegen Kleinigkeiten zu streiten, war stets präsent. Und das muss nicht sein! Ich fahre doch nicht in den Urlaub, um mich zu zanken. Aus diesem Grund haben wir uns für zwei Einzelzimmer entschieden."

„Wenn Peter damit kein Problem hat, dann ist ja alles in Ordnung", meinte Daniela.

An ihrer Stimme erkannte ich, dass sie nicht glaubte, dass eine räumliche Trennung in der Nacht nichts über die Größe der Liebe eines Paares aussagte. Ich erzählte weiter: „Wir suchten uns auf der kleinen Terrasse zwei freie Plätze. Franzl trat an den Tisch, um die Bestellung aufzunehmen. Er merkte schnell, wie unentschlossen wir waren. Prompt schwärmte er uns von den selbstgemachten Torten, die wir unbedingt probieren sollten, vor. Wir hatten vor, die ganze Woche in Rothenburg ob der Tauber zu bleiben. Daher nahmen wir uns vor, uns nach und nach durch das Sortiment zu futtern. Die Auswahl des ersten Kuchens überließen wir dem Hausherrn. In der Zeit, wo Franzl die Kalorienbomben auf den Tisch stellte, erkundigte sich Peter, ob es auf der Speisekarte der Pensionsgaststätte auch vegetarische Gerichte gäbe. Er verneinte, überlegte kurz und meinte, dass der Koch gewiss etwas zaubern könne. Ich fühlte mich geschmeichelt."

„Das ist ja nett."

„Ich war genauso sprachlos. Meine Erfahrungen als Vegetarierin sahen sonst anders aus. In Bezug auf seinen Kuchen hatte Franzl kein bisschen übertrieben. Er war göttlich. Kaum hatten wir aufgegessen, erkundeten wir bei einem Spaziergang die Gegend. Nach dem Abendessen, wo ich übrigens mit einer hervorragenden Tomatensuppe überrascht wurde, ließen wir die Seele baumeln und den Abend ausklingen.

Am darauffolgenden Tag wurden wir nach dem Betreten der Pensionsgaststube freundlich vom Franzl zum Frühstück begrüßt. Kaum hatten wir Platz genommen, fragte er nach den Vorlieben. Orangensaft? Kaffee oder Tee? Wurst? Käse oder Marmelade? Ein paar Minuten später stand, inklusive frischer Brötchen, alles auf dem Tisch. Zum Schluss brachte er ein Weidenkörbchen, sagte: ‚Einen schönen Gruß von unseren überglücklichen Hühnern', lächelte und verschwand in der Küche."

„Das habe ich ja noch nie gehört", amüsierte sich Daniela. „Den Spruch werde ich mir merken."

„Frisch gestärkt begaben wir uns in die Altstadt. Zuerst bestiegen wir die Stadtmauer, von wo aus wir einen ausgezeichneten Blick auf die umliegende Landschaft hatten. Hinterher bummelten wir von einem Geschäft zum anderen. Zwischendurch hielt ich Ausschau nach einem Restaurant, das, wie du dir denken wirst, vegetarische Kost im Angebot hat. Damit meine ich nicht nur ein paar Salatblätter. In einer kleinen Nebenstraße fanden wir eine passende Gaststätte. Sie boten Schupfnudeln in allen Variationen an. Hier kehrten wir ein. Das war, wie ich bald feststellte, ein Fehler."

„Wieso? Isst du keine Schupfnudeln?"

Das ist eine typische Daniela-Frage, dachte ich. Am liebsten hätte ich geantwortet: ‚Wenn ich sie nicht gemocht hätte, dann wäre ich da nicht reingegangen', stattdessen erklärte ich: „Doch. Das war ja nicht das Problem. In der Zeit, wo Peter für sich Schupfnudeln mit Sauerkraut und Speckwürfel entdeckte, suchte ich mir welche mit Gemüse aus. Nach einer halben Stunde kam der Kellner mit dem Essen. Ich war sprachlos. Peter bekam das, was er bestellt hatte. Mein Teller hingegen sah ganz anders aus. Das Gemüse der Saison entpuppte sich als ein paar getrocknete Farbflocken. Damit meine ich die Dinger, die man sonst in gekörnter Brühe findet. Meine Schupfnudeln beschreibe ich dir am besten so: Zwischen dem Rohen und dem Verbrannten waren sie gut."

„Wie ist denn passiert? Hat der Koch etwa jede Portion in einer extra Pfanne zubereitet? Hätte er doch auf einmal machen können und dann eben entsprechend anrichten."

Ich schüttelte den Kopf. *So kann nur ein Fleischesser denken.* „Natürlich brauchte er zwei Pfannen, es waren ja unterschiedliche Gerichte. Vegetarier essen nichts, wenn fleischliche Produkte verarbeitet wurden. Obwohl ich großen Hunger hatte, bekam ich nicht einen Bissen herunter. Ich war enttäuscht. Nachdem Peter aufgegessen hatte, tauchte der Keller auf, um unser Geschirr abzuräumen.

Wie üblich kam die obligatorische Frage: ‚Hat es Ihnen geschmeckt?'„

„Und, was hast du gesagt?", erkundigte sich Daniela.

„Mir lag auf der Zunge zu fragen, ob er blind wäre. Immerhin war mein Teller unberührt. Peter gab mir zu verstehen, ruhig zu bleiben. Stattdessen erklärte er dem Kellner das Problem. Dieser verzog keine Miene, räumte stumm das Geschirr ab und verschwand. Nach einer Weile kam er mit dem Kassenbon zurück. Er sagte ausdruckslos, dass wir nur für eine Portion zu zahlen brauchten. Eine Entschuldigung kam nicht über seine Lippen."

„Das gibt es doch nicht", empörte sich Daniela. „Warum hast du das Essen nicht gleich zurückgehen lassen?"

„Weil der Typ nicht gerade mit Anwesenheit glänzte. So einen miserablen Service habe ich selten erlebt."

„Ja, das war wirklich frech."

„Nachdem wir das Lokal verlassen hatten, bemerkten wir einen Mann am Seiteneingang. Nach der Kleidung zu urteilen, war es der Koch. Er sah nervös aus. Obwohl ihm noch eine Zigarette im Mundwinkel hing, holte er sich eine neue aus der Schachtel. Er war wohl mit seinen Gedanken woanders. Jetzt hatten wir eine Vorstellung, warum mir verbrannte Schupfnudeln serviert wurden."

„Was habt ihr dann getan? Wart ihr in einer anderen Gaststätte?"

Das wäre Quatsch. Peter war doch schon satt. Sollte er mir beim Essen zugucken? „Nein. Wir steuerten den nächstbesten Bäcker an, um mir ein Brötchen zu kaufen. Dann setzten wir den Stadtbummel fort. Am Nachmittag liefen wir zur Pension zurück."

„Zu Franzl und seinem selbstgemachten Kuchen", sagte

Daniela mit einem breiten Lächeln und rollte dabei ebenfalls das ‚R‘.

„Genau", bestätigte ich. Dann berichtete ich ihr, dass wir uns morgens auf den schönen Gruß von Franzls überglücklichen Hühnern freuten. Begeistert war ich zusätzlich, dass ich jeden Abend mit einer anderen fleischlosen Köstlichkeit überrascht wurde. „Tagsüber unternahmen wir Ausflüge, wie zum Beispiel zum fränkischen Freilandmuseum in Bad Windsheim. Im Kriminalmuseum, welches sich in Rothenburg ob der Tauber befand, lernten wir einiges über Keuschheitsgürtel und Schandmasken. Außerdem spazierten wir noch ein paar Mal in die Rothenburger Altstadt, wo wir immer neue bezaubernde Ecken entdeckten. So verging die Zeit wie im Flug. Und weil es uns beim Franzl so gut gefallen hatte, haben wir uns am Tag der Abreise geschworen, wiederzukommen."

„Das ist ja prima. Wenn wir nicht unseren Wagen auf dem Campingplatz hätten, dann würde ich da auch gerne mal hinfahren", gestand Daniela.

„Wo ihr ebenfalls mal hinreisen müsst, ist Eisenach. Die Stadt selber ist jetzt nicht der Brüller – finde ich zumindest. Aber von dort aus könnt ihr tolle Ausflüge machen."

„Aha, und wie kommt ihr ausgerechnet auf diese Stadt?", erkundigte sie sich.

„Vor ein paar Jahren erzählte mir Peter, dass er einen sehnlichen Wunsch hätte. Ihm schwebte eine Besichtigungstour im Salzbergwerk vor. Daraufhin habe ich etwas recherchiert und eines in Merkers bei Eisenach gefunden. Für einen Tagesausflug ist der Ort ein bisschen zu weit weg. Daher stöberten wir im Internet nach weiteren Sehenswürdigkeiten und buchten dann für eine Woche eine Unterkunft. Dieses Mal schliefen wir in einer kleinen Pension am Fuße der Wartburg.

Auf der Autobahn reihte sich eine Baustelle an die andere, sodass wir später als geplant ankamen. Nach der Anmeldung stellten wir das Gepäck auf die Zimmer und spazierten in die Innenstadt. Ein bisschen die Beine zu vertreten tat uns gut. Außerdem brauchten wir etwas zu essen, da die Buchung nur Frühstück beinhaltete. Wie erwähnt, fand ich Eisenach nicht schön. Im Gegensatz zu vielen anderen Städten war dort die Zeit stehen geblieben. Die Gebäude und Straßen, alles versprühte immer noch den grauen DDR-Charme. Ich war enttäuscht, und ich glaube, Peter ging es ähnlich.

In der Einkaufspassage reihte sich ein Geschäft ans andere. Sie hatten aber nichts im Angebot, was wir unbedingt mit nach Hause nehmen wollten. Deshalb besorgten wir uns nur ein paar Lebensmittel und liefen zurück zur Pension.

Am darauffolgenden Tag stand Wandern auf unserem Programm. Wir hatten uns vorgenommen, hinauf zur Wartburg zu laufen."

„Sagtest du nicht, dass Peter den Wunsch hatte, sich ein Salzbergwerk anzusehen?", fragte Daniela irritiert.

Ich bat sie, sich etwas zu gedulden, und fuhr dann mit meiner Urlaubsschilderung fort. „Die Wartburg ist, wie der Name schon sagt, eine Burg. Sie wurde auf einem etwa vierhundert Meter hoch gelegenen Felsplateau gebaut. Wir erkundigten uns bei der Empfangsdame der Pension nach dem Weg, der durch den Wald hinauf führte. Aber schnell wurde uns klar, dass ihre Angaben nicht der Wahrheit entsprachen. Von wegen, der Weg ist ausgeschildert und es dauert nicht länger als dreißig Minuten", entrüstete ich mich und tippte mir mit dem Zeigefinger an die Stirn. Anschließend erzählte ich, dass wir kurz überlegt hatten, eine Abkürzung zu nehmen. Letztendlich entschieden wir uns aber dagegen. Es war schon eine Weile her, dass ich im Kindesalter mit meinen Eltern das letzte Mal dort gewesen war. Ich hatte nur noch eins bildlich vor Augen, und zwar die Eselstation. Die befindet sich ungefähr auf einem Dreiviertel der Strecke. Von hier aus war es nicht mehr weit bis zum Ziel.

Eine Stunde nach dem Aufbruch begrüßten uns Lisa, Bernd, Sabine und Paul mit lauten I-Aah-Tönen. Völlig außer Atem ließ ich meinen erschöpften Körper auf eine nahestehende Bank plumpsen. Im Gegensatz zu mir sah Peter aus wie das blühende Leben. Nicht zum ersten Mal kam mir der Gedanke, dass ich dringend an der Kondition arbeiten muss. Den restlichen Weg hätte ich mich auf vier Eselbeinen hochtragen lassen können. Aber diese Blöße wollte ich mir nicht geben. Mein Eigensinn kostete uns weitere zwanzig Minuten, ehe wir endlich oben ankamen. Egal, wie beschwerlich der Weg war, der Ausblick entschädigte uns für alles."

„Warum seid ihr da nicht mit dem Auto hochgefahren? Oder ging das nicht?"

„Doch, aber nur bis zur Eselstation. Ab da ist Laufen angesagt."

„Ach so." Enttäuschung schwang in ihren Worten mit.

„Wir haben uns dann einer Führung angeschlossen. Immerhin kannte Peter die Burg noch nicht." Stolz präsentierte ich ihr jetzt meine wenigen im Gedächtnis hängengebliebenen geschichtlichen Fakten. Ich berichtete, dass wir in der nächsten Stunde erfuhren, dass im Jahre 1067 der Legende zufolge die Wartburg von Graf Ludwig dem Springer gegründet wurde. Der junge Mann, der den Rundgang leitete, ich nahm an, es war ein Student, brachte alles auf eine lockere Art herüber. Wäre damals in der Schule der Geschichtsunterricht so praktiziert worden, dann hätte ich mit Sicherheit mehr Spaß gehabt. Nachdem Daniela gestanden hatte, dass auch sie Geschichte früher immer langweilig gefunden hatte, lobte ich den Touristenführer. Er führte uns durch große und kleine Räume voller Prunk, die Treppen hinauf und wieder herunter und durch enge Gänge. Wir warfen einen Blick in die winzige Stube, in der sich Martin Luther im Jahre 1521 versteckt und in zehn Wochen das Neue Testament, unter Zugrundelegung des griechischen Urtextes, ins Deutsche übersetzt hatte. Des Weiteren berichtete der junge Mann, dass im Jahre 1777 Johann Wolfgang Goethe für fünf Wochen auf der Burg verweilt hatte. Der Rundgang endete mit der Information, dass im Dezember 1999 die Wartburg von der UNESCO in die Liste des Welterbes der Menschheit aufgenommen worden war.

Mein Mann knipste ein paar Fotos von der Außenanlage und der Umgebung, dann liefen wir den Berg wieder hinunter. Aber nicht auf dem gleichen Weg wie am Vormittag. Peter entschloss sich spontan dazu, in der Innenstadt zu Mittag zu essen. Deshalb entschieden wir uns doch zu einer Abkürzung. Er schätzte, in welche Richtung sich der Marktplatz befand, und daraufhin verließen wir kurz nach der Eselstation den Hauptweg. „Ich habe bis heute keine Ahnung, wie wir es aus dem Wald herausfanden. Aber es hat geklappt", freute ich mich. „Auf der Terrasse eines Cafés entdeckten wir zwei freie Plätze. Peter bestellte sich einen großen Eisbecher, ich hatte Appetit auf Milchreis."

„Igitt, das musste ich als Kind immer essen."

„Ich auch", entgegnete ich und gestand, „aber ich war und bin heute noch ein süßer Suppenkasper."

„Und einen Tag später wart ihr dann im Salzbergwerk, stimmt's?", fragte Daniela.

„Nein. Wir hatten erst einen Termin für den folgenden Tag vereinbart. Damit nicht ein Ausflug den nächsten jagt, planen wir gerne zwischendurch Gammeltage ein. Die beinhalten maximal einen Museumsbesuch oder Stadtbummel. Doch schon am Tag der Ankunft war uns klar, wer schlecht recherchiert, wird bestraft. Es gab kein Museum in oder um Eisenach, das interessant war. Lust, den ganzen Tag in der trostlosen Unterkunft zu verweilen, hatten wir auch nicht. Deshalb entschieden wir uns trotz Nieselregen zu einem Stadtbummel. Genau wie beim letzten Mal hielt sich die Begeisterung in Grenzen. Mittags kehrten wir in einem italienischen Restaurant ein und ließen uns verwöhnen. Hinterher liefen wir zurück, um mit Lesen oder Kreuzworträtseln die restliche Zeit totzuschlagen.

Am darauffolgenden Tag war es so weit. Wir fuhren nach dem Frühstück los und kamen pünktlich am Salzbergwerk an. Zuerst hakten sie unsere Namen auf der Anwesenheitsliste ab. Zusammen mit einer Gruppe von etwa fünfundvierzig Personen bat man uns in einen Vorführraum. Es folgte die Begrüßung vom Bergwerksführer, der uns gleichzeitig mit den Regeln vertraut machte. Zum Schluss zeigten sie uns einen Film. Er war dafür gedacht, dass wir auf die Fahrt in die Grube eingestimmt wurden. So weit, so gut!

In der Zeit, wo Peter besorgt war, ob ich aufgrund meiner Höhenphobie die achthundert Meter Abfahrt ohne Panikattacke überstehe, kämpfte ich mit anderen Dämonen. Einer der netten Bergmänner hatte unsere Gruppe inzwischen in einen schlauchartigen Raum geführt. Es war eine Umkleidekabine mit unzähligen blauen Kitteln und weißen Bauarbeiterhelmen, die wir zum Schutz anziehen mussten. Mit dem Kittel arrangierte ich mich ja noch halbwegs. Aber auch nur, weil ich mit ihm keinen direkten Körperkontakt hatte. Der Helm hingegen – ging gar nicht! Allein der Gedanke, wie viele das Teil schon auf dem Kopf hatten, ließ die ersten Herpesbläschen an der Lippe wachsen."

„Das kann ich mir vorstellen."

„Spätestens nach einen Tag sähe mein Mund wie ein Blumenkohl aus. Ich schaute Peter hilfesuchend an. Er erkannte sofort das Problem und fragte, ob ich das Desinfektionsspray dabeihätte. Ich nickte und kramte gleichzeitig in der Handtasche nach dem Fläschchen. Kurz darauf fand ich es, besprühte rasch die Innenseiten von zwei weißen Helmen, wischte alles mit einem Papiertaschentuch ab und schnappte mir im Vorbeigehen einen Kittel. In letzter Sekunde huschte ich zu Peter und den anderen in den Förderkorb."

„Oh, oh."

„Zum Glück rechtzeitig, denn hinter uns schloss sich die Tür. Die Befürchtung, ich würde Probleme mit der Abfahrt haben, verflog mit dem Augenblick des Einstieges. Der Boden war blickdicht. Die Fahrt war nicht anders als mit einem normalen Fahrstuhl. Nachdem wir unten angekommen waren, erfolgte eine weitere Vollzähligkeitskontrolle. Ein großes Augenmerk wurde darauf gelegt, ob jeder seine Schutzkleidung trug.

Peter kann ja anziehen, was er will. Er sieht trotzdem sexy aus. Aber mich hättest du mal sehen müssen. Kittel und Helm waren für meinen schmächtigen Körper zu groß. Ich sah aus wie … Hein Blöd aus der Kindersendung ‚Käpt'n Blaubär'. Warte mal, irgendwo ist noch ein Bild …", sagte ich, stand auf und lief zum Computer.

„Das glaube ich nicht."

„Doch. Hier ist der Beweis." Kaum hatte ich Daniela das Bild gezeigt, fing sie an zu lachen. Nach einer gefühlten Ewigkeit erwiderte sie mit Tränen in den Augen: „Wo will denn der große Kittel mit Klein Katy hin? Mein Opa hätte jetzt gesagt: ‚Du siehst aus wie ein Schluck in der Kurve.'„

In der Zeit, wo sich Daniela über das Bild amüsierte, erzählte ich, dass wir eine weitere Einweisung bekamen. Anschließend wurden wir auf die Ladeflächen von drei großen LKWs, welche mit Holzbänken ausgestattet waren, verfrachtet, „… dann drohte der Chauffeur mit einem Augenzwinkern, dass derjenige, der seinen Helm verliert, eine Runde ausgeben muss. Kurz darauf verschwanden die

Fahrzeuge hintereinander mit rasender Geschwindigkeit in einem der Schächte. Es wurde stockdunkel. Durch das Licht der Scheinwerfer haben wir leichte Konturen rechts und links ausgemacht. Der Boden war so uneben, dass ich auf der Holzbank hin und her hüpfte. Um nicht herunterzufallen, presste ich die Beine an die Sitzfläche und den Helm mit einer Hand auf meinen Kopf. Mit der anderen hielt ich mich fest, denn ich hatte keine Lust, eine Runde für circa fünfundvierzig Leute auszugeben."

„Dazu hätte ich aber auch keine Lust gehabt", bestätigte Daniela.

Ich fuhr mit meinem Urlaubserlebnis fort: „Ab und an, wenn die Wagen hielten, erzählte uns der Bergführer, welche Aufgabe zum Beispiel ein Schaufelradbagger unter Tage hatte, oder wir bestaunten eine Salzkristallgrotte, die durch unterschiedliche Lichteffekte in Szene gesetzt wurde. Dann folgten wir anhand von historischen Tafeln General Eisenhower und schauten uns im Goldraum um. Dort lagerten bis Kriegsende die gesamten Gold- und Devisenbestände der Reichsbank und außerdem viele Kunstwerke.

Am Ende der Besichtigung verließen wir die Fahrzeuge an derselben Stelle, wo die Tour gestartet war. Es folgte wieder eine Anwesenheitskontrolle, bevor wir mit dem Förderkorb nach oben fuhren."

„Ich kann mir vorstellen, dass das interessant war."

Ich nickte. „Wegen der Aussicht, den Rest des Urlaubes bei Regenwetter in der trübsinnigen Pension und langweiligen Stadt zu verbringen, beschlossen Peter und ich, vorzeitig abzureisen."

„Das hätte ich auch ... Zu Hause ist es doch am besten.

Außerdem kann man wenigstens was erledigen", bestätigte Daniela.

„So ohne Weiteres geht das nicht. Abreisen ist zwar jederzeit erlaubt, aber nicht immer ohne Folgen." Ich erklärte ihr, dass das Hotel oder die Pension das Recht hat, bei frühzeitigem Aufbruch eine Art Strafgeld in Rechnung zu stellen. Das Zimmer war ja für einen gewissen Zeitraum gebucht und dafür sollte bezahlt werden.

„Ach so … und habt ihr?"

„Nö. Nur für die paar Tage, die wir dort geschlafen haben", verkündete ich mit einem verschmitzten Lächeln. Dann fügte ich etwas beschämt hinzu: „Das hat anscheinend nur so problemlos geklappt, weil wir gelogen haben. Wir sagten, dass Peter einen Anruf von der Firma bekommen hätte und zurückbeordert wurde."

„Das hat die Pensionsbesitzerin geglaubt?"

„Ja. Am selben Abend packten wir die Koffer und kehrten am nächsten Tag Eisenach den Rücken."

Genau wie damals denke ich heute, *es war eine schöne Zeit mit tollen Erlebnissen. Trotzdem sind wir keinen Tag zu früh wieder nach Hause gefahren.*

Mach doch!

„Ich habe ein Blind Date."

Mein Mann schaute mich fragend an. Einen Augenblick später scherzte er: „Ist das eine Drohung?"

„Aber sicher doch", neckte ich mit gespieltem Ernst und knuffte ihn dann liebevoll in den Oberarm.

„Aua. Du hast mich geschlagen", jammerte er mit vorgeschobener Unterlippe.

„Das habe ich nicht getan", erwiderte ich empört.

„Doch. Gerade eben." Mein Mann setzte einen Hundeblick auf und hielt mir dabei seinen Arm entgegen. „Hier."

Ich ahnte, worauf er hinauswollte. Einen Entschädigungskuss. Den bekam er auch.

„Spaß beiseite. Mit wem hast du dich verabredet?"

Ich erzählte ihm, dass ich über das Internet eine Autorin aus unserem Ort kennengelernt hatte. „Sie heißt Julia. Ich habe sie gefragt, ob wir uns mal zum Erfahrungsaustausch treffen können. Sie hat Ja gesagt. Daraufhin haben wir uns gleich für morgen verabredet."

„Das hört sich gut an. Wo trefft ihr euch?"

Ich nannte Ort und Uhrzeit. Er bot an, mich zu fahren, was ich dankend annahm.

Das war gestern. Jetzt lag ich in meinem Bett und ließ den Abend Revue passieren. Da ich noch nie ein Blind Date hatte, war ich dementsprechend aufgeregt. Vollkommen umsonst, denn Julia war mir von Anfang an sympathisch. Sie erzählte mir, dass sie unheimliche Geschichten schrieb, dabei aber auf Blut und Gewalt verzichtete. Sie hatte mehr Freude daran, dem Leser mit Nebelschleiern und rachsüchtigen Geistererscheinungen einen Schauer über den Rücken zu jagen. Die meisten ihrer Erzählungen spielten im arktischen Norden mit seinen unzähligen Mythen und Legenden.

„Das ist ein anderes Genre als meines", stellte ich fest.

Auf die Frage, wann sie mit dem Geschichtenschreiben angefangen habe, antwortete sie: „Ich schreibe schon seit der frühsten Kindheit."

„Jedes Mal, wenn ich diesen Satz höre, überlege ich, ob ich eine Spätzünderin bin."

„Warum?"

„Im Gegensatz zu den meisten Schreiberlingen habe ich im Kindesalter nicht von einer Autorenkarriere geträumt", sagte ich und fügte beschämt hinzu: „Rechtschreibung und Grammatik waren für mich immer böhmische Dörfer, was hauptsächlich der mangelnden Konzentration zuzuschreiben war. Dazu kam, dass ich in der gesamten Schulzeit nicht eine einzige vom Lehrplan vorgeschriebene Lektüre zu Ende gelesen habe. Aus meiner Sicht keine guten Voraussetzungen für eine Autorenkarriere. Hätte mir damals jemand prophezeit, dass ich eines Tages trotzdem Thriller, Sachbücher, Ratgeber, Kurzgeschichten und Gedichte schreiben würde, denjenigen hätte ich für verrückt erklärt. Ich träumte davon, etwas mit Sport und Kindern zu machen. Aber wie so oft im Leben kommt alles anders."

Julia wurde neugierig und erkundigte sich nach meinen schriftstellerischen Anfängen.

„Kennst du die Situation, wo man mit Freunden oder Bekannten gemütlich zusammensitzt und sich über alte Zeiten unterhält?"

Sie nickte.

„Nicht selten ertönt dann im Laufe des Abends scherzhaft der Satz ‚Ich habe schon so viel erlebt, darüber könnte ich ein Buch schreiben'. Eines Tages steckte ich in solch einer Situation, mit genau der gleichen Aussage. Ohne Vorahnung sagte mein Mann: ‚Mach doch'. Er gehört zu den Menschen, die immer den Schalk im Nacken sitzen haben. Aus diesem Grund hielt ich die Bemerkung für einen seiner Scherze. Aber im Gegensatz zu sonst fehlte das gewisse Leuchten in den Augen, was mich etwas verunsicherte.

Ich tippte mir mit dem Zeigefinger an die Stirn und antwortete: ‚Ich und schreiben? Ja klar! Das kann ich doch gar nicht.'

Peter fragte: ‚Hast du es denn schon einmal probiert?'

Aus meiner Sicht war ich auf diesem Gebiet das untalentierteste Geschöpf unter der Sonne. Deshalb gab ich ihm zu verstehen, dass ich es natürlich noch nicht versucht hatte. Und genauso wenig hatte ich bisher einen einzigen Gedanken daran verschwendet.

‚Na, siehst du. Woher weißt du dann, dass du es nicht kannst?', konterte er.

Mit diesen Worten pflanzt er einen Keim in mein Gehirn. Dabei schaute er mich mit herausforderndem Blick an. Nach einer Weile fragte ich ihn, worüber ich denn schreiben solle.

Er zuckte mit den Schultern.

Erinnerungen an die Schulzeit und die verhassten Deutschstunden flammten wieder auf. Das kann doch nicht gut gehen, oder? Erneut schaute ich ihn an und fragte: ‚Und du glaubst, dass das jemand lesen will?'

Meine Gedanken fuhren Karussell.

Peter hingegen blieb wie immer gelassen und meinte: ‚Fang erst einmal an, dann sehen wir weiter.'

Er hatte recht. Auf der einen Seite traute ich es mir überhaupt nicht zu, ein Buch zu schreiben, geschweige denn, es zu veröffentlichen. Aber anders herum würde ich es nur wissen, wenn ich den Schritt wagte. Es half nichts. Für diese Erfahrung war ein Sprung ins kalte Wasser nötig. Selbst auf die Gefahr hin, dass niemand mein Geschreibsel lesen will. So kam es, dass ich innerhalb der nächsten drei Jahre in jeder freien Minute, schrieb."

„Gibt es das Buch zu kaufen?", erkundigte sich Julia.

„Ja", bestätigte ich mit stolzgeschwellter Brust und fügte hinzu: „Für den Schubs in diese Richtung bin ich meinem Mann unendlich dankbar. Denn ohne seine Beharrlichkeit wäre ich jetzt um eine unvergessene Erfahrung ärmer."

Durch das geöffnete Schlafzimmerfenster hörte ich in der Ferne einen Zug über die Gleise rumpeln. *Wohin sein Weg ihn wohl gerade führt,* überlegte ich, gähnte und kuschelte mich etwas tiefer unter die Bettdecke. Ein paar Minuten später schlief ich mit der Erinnerung an einen wunderschönen Tag ein.

Die Küchenhilfe

Vor ein paar Monaten war mein Mann Rentner geworden. Seitdem hatte sich daheim einiges verändert. Im Gegensatz zu den meisten Menschen, die von heute auf morgen nicht mehr zur Arbeit fuhren, wusste Peter im Vorfeld, was er mit der Freizeit anfangen würde. Er ging fast täglich seinem Hobby, dem Bogenschießen, nach. Außerdem nahm er mir gewisse Sachen im Haushalt ab, nur damit ich Zeit zum Schreiben hatte. Natürlich war ich über die Entlastung erfreut. Denn gibt es was Schlimmeres als einen Mann, der nur auf dem Sofa sitzt und den ganzen Tag nichts mit sich anzufangen weiß?

Ich gebe zu, dass der Küchenverweis am Anfang etwas schwer für mich war. Meine Hausfrauenehre war angekratzt. Aus diesem Grund versuchte ich, so lange wie möglich die mir zustehende Position am Herd zu verteidigen. Aber Peter öffnete mir die Augen.

„Sei mir nicht böse. Aber wenn du als Vegetarierin Fleisch zubereitest, dann stirbt das Tier zum zweiten Mal."

Das hatte gesessen. *Boa, wie kommt er denn darauf,* überlegte ich. Ich war nämlich davon überzeugt, dass meine Kochkünste nicht die Schlechtesten seien. Schließlich hatte ich die beste Lehrmeisterin gehabt – meine Mutter. Seit dem vierzehnten Lebensjahr hatte sie meine Schwester und mich dazu ermutigt, jedes Wochenende das Mittagessen für die ganze Familie zuzubereiten. In der Zeit, in der sich meine Schwester die einfachsten Gerichte aussuchte, versuchte ich es mit Rouladen, Gulasch und Co. Meine Mutter überwachte alles und stand uns jederzeit mit Ratschlägen zur Seite.

Die Schockaussage von Peter brachte mich ins Grübeln. *Ich gebe es nicht gerne zu, aber er hat recht. Nach dem Auszug aus dem Elternhaus bin ich zum Vegetarismus konvertiert.*

Um über etwas hinwegzukommen, hilft es manchmal, sich manche Umstände schönzureden. Das versuchte ich auch. Ich redete mir ein, dass es gewiss ein Vorteil sei, wenn Peter in der Küche werkelte. So hätte ich mehr Zeit für mein Hobby – das Schreiben von Thrillern, Sachbüchern und Kurzgeschichten sowie das Verfassen von Gedichten. Es klappte mit mäßigem Erfolg. Hin und wieder kribbelte es doch in den Fingern und ich schlich mich an den Herd.

Eines Tages entdeckten wir in einer Zeitschrift ein Rezept. Es hörte sich lecker an. Der Entschluss, es auszuprobieren, war schnell gefasst. Wir fuhren zum Supermarkt und besorgten die entsprechenden Lebensmittel.

Die Freude war groß, nachdem Peter am darauffolgenden Wochenende verkündet hatte, dass wir das Rezept ausprobieren würden. Ich lag meinem Mann so lange in den Ohren, bis er endlich zustimmte, dass ich ihm ausnahmsweise beim Kochen behilflich sein durfte. Auf dem Speiseplan stand Schwarzwurzelsuppe. Und wie es sich für einen Beikoch gehörte, legte ich zuerst alle Zutaten auf die Arbeitsplatte.

Wir benötigten: Schwarzwurzeln, Kartoffeln, eine Zwiebel, selbstgemachte Gemüsebrühe, Milch und etwas Butter, dazu Zitrone, Muskat, Salz und Pfeffer. Zum Schneiden holte ich Brett und Messer aus der Schublade. Für den Abfall breitete ich eine alte Zeitung aus.

„So. Los geht's", rief ich motiviert und fragte: „Soll ich mit den Kartoffeln anfangen?"

Peter schaute auf die Uhr und antwortete: „Es ist erst kurz nach zehn Uhr. Ein bisschen früh, um jetzt schon anzufangen, oder? Geh doch so lange rauf und schreib an deiner Geschichte weiter."

Das hatte ich mir zwar anders vorgestellt, aber ... na gut, dachte ich und fragte: „Sagst du mir Bescheid?"

„Ja", versprach er.

Ich glaubte ihm, lief in mein Zimmer und setzte mich an den Computer. Mit dem Schreiben kam ich flott voran und vergaß darüber die Zeit. Nach einer Weile schaute ich auf die Uhr und erschrak. Es war elf Uhr fünfundvierzig. „Oh, schon so spät?" Schnell beendete ich den Satz, sicherte den Text und eilte hinunter in die Küche. Wie befürchtet hatte Peter die meiste Arbeit erledigt. *Mist!* „Warum hast du mir nicht Bescheid gesagt?", erkundigte ich mich enttäuscht.

„Ich wollte dich nicht beim Schreiben stören."

„Ach menno ... Ist denn gar nichts mehr zu tun?"

Er überlegte kurz und meinte: „Die Zitrone muss ausgepresst werden."

„Super", freute ich mich und wurde im nächsten Augenblick übermütig. In diversen Fernsehshows hatte ich gesehen, wie Köche und Laien die kleine, gelbe Südfrucht mit der bloßen Hand auspressten. *Das kann ich genauso gut,* war ich mir sicher. Zuerst holte ich Brett und Messer aus der Schublade, denn das, was ich mir vorhin zurechtgelegt hatte, hatte mein Mann beschlagnahmt. Anschließend schnitt ich die Frucht in der Mitte durch.

„Du hast die Zitronenpresse vergessen", sagte Peter.

„Brauche ich nicht. Pass auf, ich zeige dir jetzt, dass ich das genauso hinbekomme wie die Profis." Ich nahm eine Hälfte in die Hand und presste mit aller Kraft.

Es passierte – nichts.

Peter verkniff sich nur mit Mühe ein Grinsen.

„Lach nicht. Ich schaff das schon." Mein Ehrgeiz war geweckt. Ich nahm die zweite Hand zur Hilfe und drückte erneut, so fest ich konnte. Mit Erfolg.

Alle zwanzig Sekunden machte es: tropf … tropf … tropf …

Jetzt war es aus. Peter prustete laut los.

„Das ist nicht lustig! Warum funktioniert das bei mir nicht?"

„Pass auf. Ich zeige dir mal, wie das geht."

„Mit der Presse bekomme ich das auch hin", maulte ich.

Er nahm mir die Zitrone weg und drückte sie mit einer Hand so leicht zusammen, als sei sie ein Wattebausch.

„Ach menno!"

Liebevoll küsste er meine Nasenspitze und sagte: „Komm, lass uns essen, bevor die Suppe kalt wird."

Das war nicht mein Tag

Erschrocken zuckte ich zusammen. Beim Blick aus dem Fenster sah ich statt der erhofften Winterlandschaft nur einen grau bedeckten Himmel, der hin und wieder seine Pforten öffnete. *Gott sei Dank nur noch heute und morgen,* meinte ich. *Diese blöde Knallerei geht mir gehörig auf den Zeiger. Kaum werden die Dinger verkauft, steppt der Bär. Schrecklich! Anstatt das Geld für Sinnvolles auszugeben,* sinnierte ich, *wird es sinnlos in die Luft gejagt. Keiner verschwendet einen einzigen Gedanken daran, welchen Einfluss Silvesterraketen auf die Umwelt haben. Stattdessen herrscht, wie so oft, vorwiegend Egoismus, und das auf der ganzen Welt. Dabei kann man auch ohne dieses Zeug das neue Jahr begrüßen.*

Rums. Zisch. Peng, peng, peng ...

Das Geräusch riss mich aus meinen Gedanken. „Noch so ein Idiot, der nicht abwartet, bis Mitternacht ist", schimpfte ich. Eine Antwort bekam ich nicht. Außer meiner Wenigkeit war niemand zu Haus. Ich atmete ein paarmal tief durch und konzentrierte mich auf den Abschnitt, den ich zuvor am Computer geschrieben hatte. Kaum war ich beim letzten Wort angekommen, klingelte das Telefon. *Peter ruft an.* Meine Freude war groß.

Mein Mann, der kurzfristig zu einer Sitzung vom Vereinsvorstand gerufen worden war, hatte versprochen, sich zu melden, wenn er bis zum Mittagessen nicht zurück wäre.

Ich sprang vom Stuhl auf. *Puschen anziehen! Nicht auf Strümpfen laufen! Ist zu glatt! Ausrutschgefahr*, ermahnte das Vernunftmännlein in meinem Kopf. Ich schlüpfte in die neben dem Schreibtisch geparkten Hausschuhe und eilte auf die Treppe zu, die ins Untergeschoss führte. Was dann folgte, passierte so schnell, dass mein Verstand kaum eine Chance hatte, dem Körper zu folgen. Der Versuch, am Geländer Halt zu finden, scheiterte kläglich. Ich sauste binnen Sekunden elf von vierzehn Stufen hinunter und saß am Fuße der Treppe.

Im Verlauf der unfreiwilligen Stunteinlage hatte ich nur einen Gedanken: *Bloß nicht mit dem Kopf aufstoßen!* Außerdem flammte für einen kurzen Augenblick eine Erinnerung vor meinem geistigen Auge auf.

In der Kindheit liebte ich Treppenrutschen. Dazu lief ich ins fünfte Stockwerk unseres damaligen Wohnhauses. Oben angekommen setzte ich mich auf die Steintreppe und rutschte langsam Stufe für Stufe auf dem Po nach unten. An diesem Spiel hatte ich lange meine Freude.

Aber das, was ich am Tag vor Silvester erlebte, hatte nichts mit dem Spaß aus Kindertagen gemeinsam. Im Gegenteil! Es jagte mir Angst und Schrecken ein.

Unterdessen läutete das Telefon energisch weiter.

Ich habe keine Ahnung, wie, auf jeden Fall schaffte ich es auf die Beine, rannte ins Wohnzimmer, nahm den Hörer ab. Keuchend fragte ich: „Ja?"

Am anderen Ende der Leitung meldete sich eine männliche Stimme und verlangte nach Peter.

Ich erkannte die Person sofort. Es war ausgerechnet der Bekannte meines Mannes, der grundsätzlich zur Mittagszeit bei uns anrief, um irgendwelche Belanglosigkeiten zu besprechen. *Na toll*, dachte ich, *wegen so einem Arsch habe ich mir fast den Hals gebrochen?* Mir wurde schwindlig und ich setzte mich auf einen in der Nähe befindlichen Stuhl. Zeitgleich erzählte ich ihm, dass Peter nicht zu Hause war. „Soll ich etwas ausrichten?", fragte ich aus Gewohnheit.

„Okay", sagte der Anrufer. „Nein, dann melde ich mich später wieder, und ... ach ja, gute Besserung."

„Danke", antwortete ich automatisch. Erst in diesem Augenblick bemerkte ich, welche Richtung das Gespräch genommen hatte. Es war mir unangenehm. Ich versuchte, das Erlebte herunterzuspielen. Um das Geschehene glaubhaft zu verharmlosen, suchte ich nach den passenden Worten und stotterte: „Ähm ... nein, nein ... alles okay. Ich bin nur die Treppe heruntergefallen." Dabei kam mir gar nicht in den Sinn, dass der Anrufer vom Sturz nichts wissen konnte.

Nachdem er das gehört hatte, klang seine Stimme besorgt. „Oh, das tut mir leid. War das, als Sie zum Telefon wollten?"

„Ja … aber das ist nicht so schlimm. Ich verschnaufe ein bisschen, dann geht es schon wieder", versicherte ich ihm.

„Wirklich?"

„Ja."

Er schien mit der Antwort zufrieden zu sein, denn kurze Zeit später war das Telefonat beendet.

Ich atmete erleichtert auf. *Gott sei Dank bin ich den los.* Für einen Moment blieb ich auf dem Stuhl sitzen. Dabei ließ ich die letzten Minuten Revue passieren. Nach einer Weile fiel mir ein, dass ich bisher nicht nachgeschaut hatte, welche Blessuren der Sturz auf meinem Körper hinterlassen hatte. Ich stand auf, lief ins Badezimmer und stellte mich vor den großen Spiegel. Mit unters Kinn geklemmtem Rock und bis zu den Knöcheln heruntergelassener Strumpfhose drehte ich meinen Körper vorsichtig hin und her. Der Anblick war grauenhaft. Zuerst entdeckte ich zwei parallel verlaufende dicke blaue Flecken an der linken Wade. Die Prellung im Bereich des darüber liegenden Oberschenkelgelenkknochens leuchtete in sämtlichen Regenbogenfarben. Beide Pobacken sahen puterrot aus. Die rechte Seite hatte es am heftigsten erwischt. Hier war die Region des Oberschenkelgelenkknochens geprellt. Dieses Mal sah ich zusätzlich eine handflächengroße Abschürfung der Haut. *Wow,* staunte ich, *das ging aber schnell. Und wie das leuchtet. Das liegt wahrscheinlich daran, dass der Rest des Körpers käseweiß aussieht.* Ich drehte mich ein weiteres Mal um die eigene Achse. *Da die Vorderseite verschont blieb, bin ich wohl wie ein Pingpongball auf den Stufen hin und her gehüpft. Aua!* Fassungslos schüttelte ich den Kopf. „Steh nicht rum und bemitleide dich", ermahnte ich mein Spiegelbild. „Kontrolliere lieber, ob etwas gebrochen ist." Vorsichtig hob ich erst das eine Bein und dann das andere. *Okay, da ich sie gut bewegen kann, nichts knirscht und auch nichts knackt, ist zum Glück alles heil geblieben. Gott sei Dank!* Ich atmete erleichtert auf.

Nachdem ich die Klamotten geordnet hatte, schleppte ich meinen geschundenen Körper zurück in die obere Etage. Ich setzte mich an den Schreibtisch und starrte den Computerbildschirm an.

Rums. Zisch. Peng, peng, peng …

Erneut zuckte ich zusammen. Dieses Mal sah ich nicht zum Fenster. Anstatt sich auf den Text zu konzentrieren, versuchte mein Kopf, den Treppensturz zu rekonstruieren. Aber mit ungenügendem Erfolg. Denn ‚vielleicht' und ‚könnte sein' waren keine Antworten, die mich zufriedenstellten.

Ein Schlüssel drehte sich im Türschloss.

Ich schaute auf die Uhr. Es war zwölf Uhr fünfundvierzig.

„Juchhu, ich bin wieder da", rief mein Mann und schloss die Haustür hinter sich.

„Juchhu", antwortete ich ihm, so gut gelaunt ich in diesem Moment sein konnte. Ich freute mich, dass Peter zurück war. Auf der anderen Seite hatte ich ein ungutes Gefühl. Ich wusste, dass, wenn ich ihm vom Unfall erzählte, er sich Sorgen machen würde. Das war nicht meine Absicht. Aber Lügen oder Heimlichkeiten gibt es nicht in unserer Ehe. Daher biss ich in den sprichwörtlichen sauren Apfel und humpelte vorsichtig zu ihm nach unten. „Na, wie war's?", fragte ich und gab ihm einen Kuss.

„Frag bloß nicht."

Knappe Antworten bedeuten keine guten Nachrichten, überlegte ich und ließ ihn mit dem Thema in Ruhe. *Wenn er so weit ist, dann kommt er von alleine.* Ich lief in die Küche und schob die Essensreste des Vortages in den Ofen. Es gab Nudelauflauf mit Spinat und Tomaten. Ich zögerte das Unvermeidliche hinaus. Aber nach dem Essen hielt ich diese Heimlichtuerei nicht mehr aus und sagte: „Ich muss dir etwas sagen", und schluckte den dicken Kloß in meiner Kehle hinunter, „… wieso nicht jetzt."

Peter schaute mich fragend an.

„Ich bin vorhin die Treppe heruntergefallen", polterte es aus mir heraus.

„Hast du dir wehgetan?"

Ich nickte. „Und wie", gestand ich und zeigte ihm die bunte Farbenpracht auf meinem weißen Körper.

„Ach, Mensch, du machst Sachen. Komm mal her", sagte Peter. Er nahm mich behutsam in seine Arme. Nach einer Weile fügte er scherzhaft hinzu: „Du weißt schon, dass das mit dem Rutsch ins neue Jahr nicht wörtlich gemeint ist?"

„Nein?", flachste ich zurück. „Das hättest du mir aber auch eher sagen können."

Peter gab mir einen Kuss auf die Nasenspitze, dann wurde er ernst. „Zum Glück hast du dir nichts gebrochen."

Gott sei Dank, dachte ich und kuschelte mich dichter an seine Brust.

„Gleich nach den Feiertagen werden wir uns ein zweites Telefon besorgen."

„O ja, das ist eine prima Idee."

„Quasi ein Anti-Treppen-Sturz-Telefon."

Ich nickte.

Nach dem Essen bestand mein Mann darauf, dass ich mich ausruhe. Das bedeutete: Ich lag den ganzen Nachmittag bei eingeschaltetem Flimmerkasten auf dem Sofa. Leider klappte das Ausruhen nicht schmerzfrei. Immer wenn ich mich auf die Seite legte, schmerzte mindestens einer der zahlreichen blauen Flecke. *Aua!* Aufgrund meiner körperlichen Verfassung hatte ich das Gefühl, um einhundert Jahre gealtert zu sein.

Nachdem Peter gesehen hatte, wie ich mich quälte, die richtige Sitzposition zu finden, fragte er: „Kann ich etwas für dich tun?"

„Mein Schädel brummt", stöhnte ich. „Die Wade fühlt sich an, als ob sich Nachbars Lumpi daran festgebissen hat, und schlafen werde ich wahrscheinlich im Sitzen. Ich weiß nicht, wie ich liegen soll."

„Das sehe ich."

„Wie konnte ich vergessen, dass der Körper so viele Knochen und Muskeln hat, die schmerzen können", jammerte ich.

Mein Mann schaute mich mitleidig an.

Sein Blick verriet mir, dass er mehr litt als ich. In diesem Moment wurde mir mal wieder bewusst, wenn es eine Möglichkeit gäbe, dann hätte er mir die Schmerzen sofort abgenommen. Für seine Selbstlosigkeit liebte ich ihn.

Am Abend sah ich mir ein weiteres Mal die Verletzungen an. Dabei entdeckte ich einen neuen blauen Fleck unter dem linken Schulterblatt. *Wo kommt der denn jetzt her,* wunderte ich mich. Da er aber relativ klein und leicht ausgebildet war, war es naheliegend, dass das Schulterblatt nur kurz mit einer der Stufen in Kontakt gekommen war. Ich zeigte Peter mein Fundstück.

„Das wird schon wieder", sagte er und nahm mich zärtlich in den Arm.

„Dein Wort in Gottes Ohr", antwortete ich leise.

Ein paar Minuten später begaben wir ins Bett.

Aber an Schlaf war nicht zu denken. Genau wie zuvor im Wohnzimmer versuchte ich, die richtige und vor allem eine schmerzfreie Position zu finden. Ohne Erfolg. Egal, wie rum ich meinen Körper drehte, die Matratze fühlte sich in dieser Nacht nicht wolkenweich an wie sonst. *Hoffentlich werde ich mal so alt, wie ich mich im Moment fühle,* jammerte ich. Mit dem Unwissen, dass ich noch ein ganzes Jahr mit den Folgen zu tun haben würde, und dem Gedanken an das Anti-Treppen-Sturz-Telefon schlief ich endlich in der Morgendämmerung im Sitzen ein.

Hilfe, mein Computer mobbt mich

„Hilfe, mein Computer mobbt mich", beschwerte ich mich bei Peter. Am liebsten hätte ich vor Wut geheult.

In den vergangenen Jahren hatte das Gerät immer wieder versucht, meine Arbeit zu sabotieren. Ich weiß nicht, warum, aber es passierte grundsätzlich am Wochenende oder dann, wenn ich intensiv recherchierte. Natürlich genau an den Tagen, wenn kein Computerspezialist erreichbar war. Während bei den letzten Auffälligkeiten der PC total abgestürzt war, konnte ich froh sein, dass bei diesem Mobbingversuch nur der Internet Explorer verschwand. Zum Glück hatte er meine mühevoll angelegten Dateien zurückgelassen. Nicht auszudenken, wenn sie ebenfalls im Schwarzen

Loch verschwunden wären. Es machte absolut keinen Spaß, sämtliches Material erneut zusammenzusuchen, vor allem, weil es von Jahr zu Jahr immer mehr wurde.

„Was ist denn passiert?", fragte Peter.

„Im nächsten Monat hat meine Autorenhomepage Geburtstag. Deshalb wollte ich den Lesern ein Highlight bieten. Der Homepage-Betreiber hat aber nur ein Newsletterprogramm mit Textdatei. Ich finde es jedoch ansprechender, wenn gleichzeitig Bilder eingearbeitet sind."

„Und dann hast du wieder irgendwelche Links ausprobiert, stimmt's?"

Ich schaute Peter mit reumütigen Augen an und gab kleinlaut zu: „Da ich in den meisten Fällen mit der Methode Erfolg hatte, sah ich keinen Grund, dieses Mal anders vorzugehen. Ich habe mich auf die Suche nach einer passenden Software, die ich mit meiner Homepage verknüpfen kann, gemacht. Eine Woche probierte ich hin und her, aber ohne zufriedenstellendes Ergebnis. Um den PC nicht mit unnötigen Dateien vollzustopfen, löschte ich alles, was ich raufgeladen hatte und nicht brauchte."

„Jetzt noch einmal langsam."

„Heruntergeladene Software ausprobiert … nicht geeignet … gelöscht … zum Weitersuchen Internet erneut angeklickt … dann habe ich mich gewundert, weil plötzlich eine andere Startseite zu sehen war. Diese Seite kannte ich nicht. Deshalb bin ich zurück zu Systemsteuerung und habe unter ‚Programm deinstallieren' geschaut, um die neue Startseite zu löschen. Hier war aber kein Hinweis zu finden … also einmal da geklickt und zweimal dort. Das machte ich so lange, bis ich meiner Meinung nach den ursprünglichen Zustand wiederhergestellt hatte. Keine fünf Minuten später erneute Panik! Zwar hatte ich jetzt, wie gewünscht, die falsche Startseite gelöscht, aber den Internet Explorer auch. Vor dem geistigen Auge sah ich mich schon mühsam sämtliches verlorengegangene Material zusammensuchen."

Peter schüttelte den Kopf. Er versuchte alles, damit mein PC den Internet Explorer wieder herausrückte. Keine Chance. Er blieb verschwunden.

„Warum passiert mir so etwas immer am Wochenende?" Mein Mann schaute mich mit einem ‚Dazu-sage-ich-jetzt-mal-nichts'-Blick von der Seite an.

Inzwischen wuchs die Wut auf meine eigene Blödheit. Dann hatte ich eine Idee. Mir fiel ein, dass es eine Einstellung gab, um den Computer auf einen früheren Zeitpunkt zurückzusetzen. Das erzählte ich ihm.

Nachdem die Daten doppelt und dreifach gesichert worden waren, wagten wir das Experiment. Ein Klick hier und zwei da … auf ein Datum geeinigt, um den Vorgang abzuschließen, PC heruntergefahren und neu gestartet.

In der Zeit, in der wir gespannt vor dem Bildschirm kauerten und darauf warteten, dass der Neustart abgeschlossen war, schickte ich ein Stoßgebet in Richtung Himmel. *Lieber Gott oder wer auch immer dort oben wohnt und das Sagen hat, bitte lasse nicht zu, dass ich durch meine Dummheit, von vorne anfangen muss. Ich verspreche dir, ich habe endgültig aus diesem Fehler gelernt.*

Dann war es endlich so weit. Der Computer hatte sich hochgefahren und auf der Symbolleiste leuchtete mir das kleine blaue ‚e', das für den Internet Explorer steht, entgegen. Ich klickte es an und alles war wieder in Ordnung.

Glück gehabt, freute ich mich. Mit einem Blick nach oben murmelte ich: „Vielen Dank."

Der Anruf

„Eine Verbindung kann nicht aufgebaut werden", hörte ich die Frauenstimme vom Band zum wiederholten Mal freundlich in mein Ohr zwitschern.

Mein Blick streifte die Küchenuhr – neun Uhr fünfzig. *Okay*, überlegte ich, *es gibt zwei Möglichkeiten: Entweder telefoniert Oma zurzeit oder sie hat mal wieder den Hörer danebengelegt. Wenn das Zweite zutrifft, dann wird es eine Ewigkeit dauern, ehe jemandem auffällt, dass sie sich von der Außenwelt abgeschnitten hat.*

In der Zeit, in der meine Oma noch lebte, hatte sich ein Ritual zwischen uns entwickelt. Ich rief sie jedes Wochenende an. Das Telefonat dauerte meistens nicht lange, maximal fünf Minuten. Zwar wurden immer dieselben Themen durchgekaut, aber das war egal. Sie freute sich auf die Gespräche, und das war alles, was zählte. Schließlich kam es nicht darauf an, wie viel Zeit vertelefoniert wurde, sondern dass wir überhaupt miteinander sprachen. Insbesondere, seit sie aus gesundheitlichen Gründen in eine Seniorenresidenz ziehen musste.

An diesem Tag rief ich bei ihr an, weil sie ihren siebenundachtzigsten Geburtstag feierte. Seit dem Morgen versuchte ich Oma stündlich zu erreichen. Ohne Erfolg. *Okay, dann schneide ich erst das Gemüse fürs Mittagessen klein und versuche es später wieder,* beschloss ich und machte mich ans Werk.

Zehn Uhr siebenunddreißig – Freizeichen.

Super, freute ich mich und ließ das Telefon eine Minute klingeln.

Niemand nahm ab.

Ich drückte auf Wahlwiederholung. Es klingelte.

Nichts.

Was ist denn da los? Je mehr Zeit verging, desto mehr Möglichkeiten spukten in meinem Kopf umher, warum Oma nicht ans Telefon ging oder gehen konnte. Im Gegensatz zu sonst war ich dieses Mal über meine blühende Fantasie nicht erfreut. Das Schlimmste dabei war, hatte das Rad erst einmal angefangen sich zu drehen, wurde es schwierig, es wieder anzuhalten. *Vielen Dank an denjenigen, der den Hörer aufgelegt hat. Wenn er es jetzt noch fertigbringt, dass Oma ihn abnimmt, wenn es klingelt, dann bin ich überglücklich.* Aber bis zum Mittag passierte nichts.

Ich rechnete damit, dass Oma am Nachmittag Geburtstagsgäste erwartete, daher wäre sie erst recht nicht für mich zu sprechen. Ob ich wollte oder nicht, ich musste meine Glückwünsche verschieben. Gleich nach dem Frühstück des darauffolgenden Tages wählte ich ihre Nummer erneut.

Nach dem dritten Klingelzeichen meldete sich eine zaghafte Stimme am anderen Ende der Leitung. „Ja?"

Gott sei Dank. Mir fiel ein Stein vom Herzen. Ich flötete in den Hörer: „Hallo, Omi, ich bin es, Katy."

„Ach, Katymaus."

Ich liebte es, wenn sie mich so nannte. „Erst einmal herzlichen Glückwunsch nachträglich zum Geburtstag. Weißt du, dass du schwerer zu erreichen bist als der Papst?"

„Wieso?", fragte sie verwundert.

„Du hast sicher gedacht, dass ich dich gestern vergessen hätte."

„Ja."

„Habe ich aber nicht", verteidigte ich mich.

„Nein?"

„Nein. Seit Sonnabend versuche ich, dich zu erreichen. Erst war ständig besetzt, dann war die Verbindung unterbrochen", berichtete ich und versuchte mir meinen Unmut nicht anmerken zu lassen.

„Ja. Weißt du auch, warum?", erkundigte sich Oma.

„Na?"

„Ich hatte den Hörer nicht richtig aufgelegt."

Da lag ich mit meinem Verdacht doch richtig! Kein Wunder, dass ich mir gestern die Finger fast blutig gewählt habe. Egal, Hauptsache, bei ihr ist alles in Ordnung. Der übliche Austausch folgte. Angefangen von der Gesundheit übers Wetter bis hin dazu, was es für Neuigkeiten gab. Die Antworten waren wie jede Woche dieselben. Gesundheit – gut. Wetter – ähnlich wie bei uns. Neuigkeiten wie immer – keine. Manchmal erzählte ich Oma irgendetwas Belangloses, fragte nach einem Kochrezept oder irgendeiner Pflegeanleitung für den Garten. Das tat ich, um das Gesprächsende etwas hinauszuzögern. An diesem Tag fiel mir leider nichts ein. Aus jenem Grund beendete ich unser Telefonat mit dem Versprechen, mich am folgenden Wochenende wieder zu melden.

„Ich freue mich immer. Tschüss", sagte sie.

„Ich mich auch. Bis dann. Tschüss", war meine Antwort und ich legte auf. *Ich bin weder blind noch blauäugig. Mir ist bewusst, dass Oma fortgeschrittene Demenz hat und mich nur erkennt, weil ich regelmäßig anrufe und ihr sage, wer ich bin. In absehbarer Zeit wird die Krankheit so viel von ihrem Gehirn eingenommen haben, dass die kleinen Eselsbrücken, die ihr im Moment etwas den Alltag erleichtern, einstürzen. Bis es so weit ist, werde ich für sie da sein. Leider ist es mir aufgrund der örtlichen Entfernung nicht möglich, sie, wann immer ich möchte, zu besuchen. Aber zum Glück hat ein kluger Mensch das Telefon erfunden, mit dem ich meiner Oma jedes Wochenende ganz nahe bin, auch wenn es nur fünf Minuten sind,* ging es mir durch den Kopf.

Meine erste Lesung

„In ein paar Tagen veranstalte ich eine Lesung im privaten Rahmen", erzählte mir Julia bei einem unserer Treffen.

Wenn ich das Wort Lesung höre, bekomme ich Panik. Schon bei dem Gedanken daran, etwas laut vorzulesen, dreht sich mir der Magen um. Vor Aufregung fängt mein Körper sofort an, unkontrolliert zu zittern. Außerdem habe ich Schweißausbrüche. Zu guter Letzt kommt das Stottern – genau wie damals in der Schule, ging es mir durch den Kopf.

Ich hatte es gehasst, vor der Klasse zu stehen, Gedichte aufzusagen, Lieder zu singen oder etwas vorzulesen. Abends, wann immer meine Mutter die Hausaufgaben kontrollierte, war es kein Problem, einen Buchstaben an den anderen zu reihen, Liedstrophen zu behalten und lange Verse vorzutragen. Alles war in Ordnung. Am nächsten Tag, wenn ich von der gesamten Klasse angestarrt wurde, war mein Kopf leer. Mit knallrotem Gesicht schaute ich beschämt zum Boden, stotterte irgendetwas daher und betete, dass die Erde unter mir aufgehen würde. Ich hoffte, mit Haut und Haaren verschlungen zu werden. Doch den Gefallen verweigerte sie mir. Stattdessen verwandelte sich von einer Sekunde auf die andere die Zensur von gut – wie meine Mutter mich benotete –, in befriedigend oder sogar ungenügend – von der Klassenlehrerin. Für die Mitschüler war mein Auftritt das gefundene Fressen. Sie lachten und verspotteten mich. Dies hatte zur Folge, dass ich mich noch weiter in mein Schneckenhaus zurückzog.

„Hattest du nicht gesagt, dass du keine Lesungen machst?", fragte ich Julia.

„Ja, schon … genau genommen ist es so … Wir sind eine Handvoll Leute, die sich bei einer Bekannten treffen. Sie schreibt ebenfalls und liest nicht nur ihre, sondern auch meine Texte vor. Hast du Lust mitzukommen?"

Auf die Frage, ob ich etwas mitbringen solle, meinte Julia, dass für den Transport und die Sitzgelegenheit gesorgt sei. „Es wäre schön, wenn du um vierzehn Uhr dreißig gutgelaunt vor dem Haus stehst. Du kannst gerne ein paar deiner Geschichten oder Gedichte einpacken."

Nichts leichter als das, freute ich mich. *Gute Laune habe ich meistens, Pünktlichkeit ist eine meiner Tugenden und eine Auswahl an Gedichten zu treffen stellte schon gar kein Problem dar. Sollte ich aber in die Verlegenheit kommen, einen meiner Texte vorlesen zu müssen, gibt es ein Riesenproblem. Meine Nervosität kriege ich in dem Fall nicht kontrolliert. Wenn sie mich erst einmal gepackt hat, dann bekommt mein Körper ein Eigenleben. Von unkoordinierten Zuckungen sämtlicher Gliedmaßen bis hin zur Nahrungsverweigerung ist alles vertreten. Jeder Versuch, wieder den Normalzustand zu erreichen, scheitert kläglich. So sehr ich mich auch bemühe, dagegen ist kein Kraut gewachsen, das habe ich nicht im Griff.*

Mir blieb demnach nichts anderes übrig, als das Beste aus der Situation zu machen. In diesem Fall bedeutete es, dass ich bereits eine Viertelstunde vor Abfahrt vor dem Haus stand. Um dem Bewegungsdrang entgegenzuwirken, konzentrierte ich mich auf den Gehweg. *Es sind von unserem bis zum Nachbarhaus genau vierundachtzig Platten*, stellte ich fest. Nachdem ich die Dinger zum zweiten Mal gezählt und sich die Anzahl nicht verändert hatte, hielt endlich ein rotes Auto neben mir. Nach dem Einsteigen und einer kurzen Begrüßung erfuhr ich, dass der Chauffeur Mama hieß. Wir fuhren kreuz und quer durch die Stadt, um einen weiteren Fahrgast namens Uwe einzusammeln. Er setzte sich zu mir auf die Rückbank und das Abenteuer begann.

In der Zeit, in der Julia versuchte, die aus dem Internet gezogenen Informationen zu deuten, steuerte ihre Mutter das Auto aus der Stadt.

Ich hatte keine Ahnung, wo die Reise enden würde oder was auf mich zukam. Die Fahrt, die bereits in der nächsten Ortschaft endete, erschien mir wie eine Ewigkeit. Am Ortsausgang, umgeben von hohen Bäumen, parkte sie das Fahrzeug an einem asphaltierten Waldweg.

Na, ob wir hier richtig sind, überlegte ich und stieg mit den anderen aus. Was ich sah, war Natur pur.

Sonnenstrahlen, die sich ihren Weg durch das Geäst bis zum Boden bahnten. Ab und zu ein Knacken im Unterholz und das Ganze gepaart mit Vogelgezwitscher.

Traumhaft.

Laut Julias Aussage kannte sie zwar die heutige Gastgeberin, war aber noch nie bei ihr zu Hause gewesen. „Ich hätte die Adresse nicht in letzter Minute recherchieren sollen", meinte sie reumütig. Ihre Augen waren auf den ausgedruckten Zettel in ihrer Hand gerichtet.

Da uns die Internetinformationen keine genauen Angaben lieferten, setzte sich Uwe kurzerhand in Bewegung. Er folgte einem Weg, der prompt zum Haus mit der Nummer zweiundvierzig führte.

Unterdessen sorgten Julia, ihre Mutter und ich dafür, dass wir die Veranstaltung nicht im Stehen genießen mussten. Wir schnappten uns die mitgebrachten Stühle und liefen dem Herrn im Gänsemarsch nach.

Je näher ich auf das Gebäude zukam, umso nervöser wurde ich. *Hoffentlich werde ich nicht aufgefordert, etwas vorzulesen!* Selbst der Gedanke, dass die Gastgeberin dies auf Nachfrage gewiss übernehmen würde, beruhigte mich nicht. *Was, wenn den anderen meine Texte nicht gefallen und sie ihr Missfallen äußern? Aufspringen und davonlaufen? Die Lesung findet im Freien statt, von der Warte aus wird das Weglaufen nicht schwierig werden.* Mir war bewusst, dass diese Gedanken in dem Moment völlig unbegründet und unnötig waren. Ich war aber auch nicht in der Lage, sie abzustellen. Es kostete meine ganze Kraft, mir nicht anmerken zu lassen, welcher Aufruhr in mir tobte. Ich hatte den Eindruck, dass es mir gelang. Niemand sprach mich darauf an und die Begrüßung war sehr herzlich.

Augenblicke später saßen zwölf Leute verschiedenen Alters im Garten auf den kreisförmig angeordneten Stühlen und lauschten den Geräuschen des Waldes, dem Zwitschern der Vögel und den Worten der Vorleserin. Wie gebannt hingen wir an ihren Lippen. Belohnt wurden die Kurzgeschichten, Gedichte und Leseproben mit einem Applaus.

Ich hatte den Eindruck, dass im Gegensatz zu mir die anderen total locker und entspannt aussahen.

Fragen, die auftauchten, wurden geduldig von der jeweiligen Autorin beantwortet. Nach einer Stunde – endlich Pause.

Ich nutzte die Gelegenheit, meine bis dahin verkrampft verknoteten Gliedmaßen zu befreien. Sie dankten es mir, indem sie dem Bewegungsdrang sofort ungestört folgten. Die Mappe, in der einige meiner Werke deponiert waren und die ich vor der Lesung unauffällig auf den Tisch gelegt hatte, sorgte jetzt für Interesse. Einer nach dem anderen blätterte darin herum, sogar noch, während die Gastgeberin aus Julias Texten weiter vorlas. In der Zwischenzeit versuchte ich heimlich aus dem Augenwinkel eine Reaktion bezüglich meiner Mappe zu erhaschen. Ohne Erfolg. Ich überlegte: *Entweder haben sie ihr Pokerface aufgesetzt oder die Gedichte sind grottenschlecht.* Ein Gefühl der Enttäuschung überkam mich.

In der nächsten Stunde beobachtete ich, dass Julia gerührt war. Ihre Geschichten bekamen ebenso viel Applaus, Anerkennung und Fragen wie die der anderen Autoren zuvor. Auch ihre Mutter war stolz bis über beide Ohren.

Bei der Verabschiedung passierte das, womit ich überhaupt nicht gerechnet hatte.

„Leider war dieses Mal keine Zeit mehr, um deine Gedichte vorzutragen", meinte die Gastgeberin. „Aber was ich in der Mappe gelesen habe, hat mir gefallen. Es wäre schön, wenn wir beim nächsten Mal etwas von dir hören."

Wow ... hat sie das wirklich gesagt? Ich hatte das Gefühl, dass ich puterrot anlief. Meine soeben erst abgeklungene Nervosität nahm daraufhin noch einmal Anlauf. Wie ein kleines Kind, das dringend zur Toilette musste, trat ich von einem auf das andere Bein. Dabei grinste ich verlegen wie ein Honigkuchenpferd und hatte keine Ahnung, was ich jetzt machen sollte. Daher nickte ich aus alter Gewohnheit brav wie ein Wackeldackel und verabschiedete mich dann.

Abends im Bett ließ ich den Nachmittag Revue passieren. *Trotz meines unkontrollierbaren Nervositätsanfalls war es eine unbeschreibliche Erfahrung, die ich nicht missen möchte. Gewiss wird es mir bei der nächsten Lesung genauso ergehen, dennoch freue ich mich schon jetzt darauf.*

Ich ziehe vor allen meinen Hut, die die Gabe haben, Menschen in eine andere Welt zu zaubern, indem sie ihnen einfach nur vorlesen. Leider werde ich das nie schaffen, bedauerte ich und schlief ein.

Danksagung

Als Erstes bedanke ich mich bei meiner Freundin und Autorenkollegin Julia Vogel. Unsere Schreibstile sind zwar völlig unterschiedlich, trotzdem stand sie mir immer mit Anregungen, Anmerkungen und ihrer ehrlichen Kritik zur Seite.

Ohne die Hilfe und Erinnerungen meiner Oma Liselotte, meiner Mutter Ingrid und meiner Klassenkameradin Solveig Wäsch wäre die eine oder andere Kurzgeschichte dem Leser und der Leserin entgangen. Danke, dass ich euch immer wieder und zu unmöglichen Zeiten mit Fragen nerven durfte.

Für den Glauben an meine Fähigkeit und die aufmunternden Worte gebührt ein großes Dankeschön meiner Familie, meinen Freunden sowie meinen Leserinnen und Lesern.

Vita

Die Schriftstellerin Katy Buchholz wurde 1968 in Ueckermünde geboren. Im Alter von zwei Jahren zog sie mit ihrer Familie in die Universitätsstadt Greifswald, wo sie die gesamte Kindheit verbrachte.

Sie entdeckte spät das Schreiben für sich, merkte aber schnell, dass dies eine Möglichkeit war, der Zwangsjacke ‚Schüchternheit' ein Stück weit zu entfliehen. So entstanden die ersten Gedichte und Kurzgeschichten sowie Krimi/ Thriller und Sachbücher/Ratgeber.

Seit 2014 engagiert sich Katy Buchholz für die Aufklärung der Krankheit Endometriose. Als Betroffene ist es ihr ein großes Anliegen, Gleichgesinnten und deren Angehörigen zu helfen.

Weitere Bücher der Autorin

„Katys süße Verführung: Eingekochtes & Co"

Dieses Buch spricht nicht nur Neulinge an, sondern auch Liebhaber/Freunde des Einkochens. Wer selbstgemachte Marmeladen, Konfitüren, Gelees und Cremes, sowie Liköre, Sirup-, Zucker- und Honigkreationen zu schätzen weiß, wird auf seine Kosten kommen.

Einige Beispielrezepte runden das Konzept des Selbermachens ab, denn die ausgefallenen Produkte von Katy Buchholz gibt es nicht im Handel zu kaufen.

Seitenzahl: 144
Print ISBN: 978-3-7407-4572-1
E-Book ISBN: 978-3-7407-0103-1
Preis: 14,90 €
Verlag: TWENTYSIX

„Endometriose – der Feind in meinem Körper! Erfahrungsbericht einer Betroffenen"

Mit dem 12. Lebensjahr begann ihr Leidensweg. Doch Ignoranz und Unwissenheit der behandelnden Ärzte trugen dazu bei, dass es mehr als zwanzig Jahre dauerte, bis bei ihr Endometriose diagnostiziert wurde.

In diesem Buch berichtet Katy Buchholz über ihre Erfahrungen mit dieser Krankheit. Neben dem Thema Empathie, bzw. was Angehörige tun können, um ihren Lieben dabei zu helfen, mit den chronischen Schmerzen besser umzugehen, verrät die Autorin einige Tipps und Rezepte, die ihr behilflich sind, den Tag etwas beschwerdefreier zu überstehen.

Seitenzahl: 188
Print ISBN: 978-3-7407-4851-7
E-Book ISBN: 978-3-7407-1996-8
Preis: 22,99 €
Verlag: TWENTYSIX